Sylvain Wagnon

J'éveille mon enfant à la nature

Illustré par Adéjie

Hatier parents

Direction : Rachel Duc
Responsable éditoriale : Caroline Terral
L'éditeur remercie Amédine Sèdes pour son aide précieuse.
Directeur artistique : Nicolas Vallet
Illustrations : Adejie
Couverture, graphisme et mise en page : SKGD-Création
Chef de studio : Karine Alary
Fabrication : Cécile Labarthe

Sommaire

Introduction

« QUAND LES ENFANTS SONT LIBRES DE SE MOUVOIR DANS LA NATURE, LEUR FORCE SE RÉVÈLE. »

Maria Montessori

Osons l'éducation par et avec la nature !

Aider son enfant à connaître, respecter et aimer la nature est un enjeu majeur et tellement actuel. Plus que jamais, nos enfants ont besoin de cette nature, des parcs, jardins, forêts, bords de mer ou montagnes. Cet ouvrage souhaite vous aider à accompagner vos enfants dans cette immersion.

Se connecter à la nature, c'est prendre conscience de soi et des autres. La nécessité des interactions entre les êtres humains, l'environnement végétal et animal n'est plus à démontrer. Les enfants ont besoin de la nature, quelle que soit sa forme, pour leur développement d'humains. Les activités en nature sont pour eux des éléments de bien-être : ils ont soif de cette nature dès leur plus jeune âge, de pouvoir l'observer, l'écouter et la parcourir en jouant. Les activités que nous vous proposons aideront vos enfants dans cette découverte de la nature par l'éveil de leurs sens.

Le contact avec la nature crée un autre rapport à soi et à son environnement, il développe l'estime de soi et l'autonomie. Les activités de cet ouvrage sont également un appel à la créativité de l'enfant et au développement de ses émotions.

Se connecter à la nature n'a rien de passéiste ou de nostalgique. Au contraire, il s'agit de retrouver le rapport entre l'être humain et son environnement pour la survie de la planète. L'harmonie entre le corps et l'esprit n'est possible que par un respect de soi et de notre écosystème mais aussi par une cohérence de nos actes. Connaître et respecter la nature est donc un préalable à la construction d'une société plus joyeuse, fraternelle et bienveillante.

COMMENT, EN TANT QUE PARENT, CONCEVOIR ET RENFORCER LES LIENS ENTRE LES ENFANTS ET LA NATURE ?

- Être dans la nature, c'est une aventure et une expérimentation.
- C'est un moment à vivre ensemble avec ses enfants.
- C'est accepter d'improviser et de s'adapter.
- C'est changer de rythme.

Pour vous guider, nous vous proposons deux parties distinctes dans cet ouvrage.
Une première partie exposera en quoi la nature est essentielle aux enfants et pourquoi il est primordial de sensibiliser l'enfant à la nature dès le plus jeune âge.
Dans une seconde partie vous trouverez 50 activités inspirées de la pédagogie des *Forest schools* pour aider les enfants à connaître, respecter et aimer la nature autour de 5 axes :

- Explorer la nature selon le rythme des saisons.
- Construire et créer avec la nature.
- Connaître la flore de notre environnement.
- Connaître la faune qui nous entoure.
- Préserver l'environnement naturel.

Chaque activité est une exploration concrète et pratique de la nature pour sensibiliser les enfants à l'environnement. Les propositions d'activités sont facilement transposables selon vos propres envies et celles des enfants.

Et maintenant, à vous de jouer !

Partie 1

L'ENFANT ET LA NATURE

Une nature essentielle à tous

Curieux et créatifs, les enfants sont irrépressiblement attirés par la nature. Il ne s'agit pas seulement d'un espace de jeux et d'apprentissages mais d'une nécessité vitale. Observer, écouter, sentir, toucher, bouger, courir, construire, créer et en un mot expérimenter sont les clés de ce lien entre l'enfant et la nature. Ce besoin de nature participe à leur développement, à leur croissance et à leur vision du monde. Le manque de nature peut créer chez les enfants tensions et mal-être alors même que le contact avec la nature favorise l'éveil du corps et de l'esprit.

Les immersions en nature (quelles qu'elles soient : parc, forêt, bord de mer, montagne, campagne) sont des moments irremplaçables de stimulations intellectuelles, physiques et émotionnelles. Rien ne peut remplacer le besoin d'être en contact avec l'environnement végétal et animal. Les enfants sollicitent et demandent ces interactions avec la nature qui développent leur curiosité et l'acuité de leurs sens. Une éducation à la nature est un besoin individuel et social essentiel pour les enfants. La connaissance, le respect et l'harmonie avec la nature sont les éléments de bien-être et de cohérence entre les êtres humains.

Précisons donc en quoi cette nature est essentielle aux enfants par :

- les bienfaits de la nature ;
- la connexion à la nature ;
- le bain de nature.

Les bienfaits de la nature

Les bienfaits de la nature pour les enfants sont reconnus : être en meilleure santé, être moins anxieux, avoir confiance en soi et développer l'empathie. Le contact avec la nature crée un autre rapport à soi et à son environnement. Sa présence influe sur nos comportements et nos émotions. Créativité et estime de soi sont développées par ce contact avec la nature. L'enfant n'est plus seul grâce à sa connaissance de l'environnement humain, végétal et animal. Vivre régulièrement en contact avec la nature n'offre pas seulement une découverte du monde, déjà essentielle, mais également la capacité de s'ouvrir à soi et aux autres.

Être dans la nature, c'est accepter un autre rythme, chercher à être en phase avec son environnement. Cette recherche d'une cohérence entre notre esprit et notre corps s'apprend et les activités que nous vous proposons soulignent l'importance de cette harmonie entre vos enfants et leur environnement. Expérimenter et faire avec vos enfants, vivre des moments en commun, c'est aussi cela les bienfaits d'un contact régulier avec la nature.

8 BIENFAITS POUR LES ENFANTS

- Meilleure respiration
- Meilleure santé
- Créativité
- Autonomie
- Confiance et estime de soi
- Gestion des émotions
- Développement cognitif, émotionnel et sensoriel
- Ouverture aux autres et empathie

Se connecter à la nature

Les enfants recherchent instinctivement cette connexion avec la nature. Pour vous, parents, il ne s'agit pas forcément d'élaborer une sortie « exceptionnelle » et longuement préparée. Il nous paraît plus profitable de vous proposer des micro-aventures, faciles à préparer et accessibles à tous.

Se connecter avec la nature, c'est aussi l'ambition de comprendre les liens qui unissent les êtres humains avec leur environnement. Nous sommes un élément parmi d'autres de notre écosystème. Un écosystème fragile, qui mérite que l'on prenne le temps de le découvrir et de le respecter. Pour l'enfant, c'est un moyen de mieux se connaître et de participer à son développement en harmonie avec son corps, sa tête et son cœur.

Cette immersion dans la nature permet l'éducation subtile de sa personnalité, en lien avec les autres. Nous appartenons à un collectif et les valeurs d'entraide, d'échange et de partage sont des façons d'être et d'agir qui sont fondamentales dans les activités que nous vous proposons. Les activités en nature privilégient nécessairement l'expérimentation et l'action pour un développement personnel et social harmonieux.

5 BONNES RAISONS DE SE CONNECTER À LA NATURE RÉGULIÈREMENT POUR LES ENFANTS

- Respirer un air sain.
- Admirer la beauté de la nature.
- Changer de rythme.
- Diminuer ses tensions.
- Développer sa personnalité.

Le bain de nature

Sur le modèle japonais du Shinrin-Yoku, le bain de nature est une liaison directe et affective avec un arbre, une façon de l'enlacer pour entrer en relation avec lui. Au-delà du côté amusant d'enlacer un arbre, il y a une vraie symbolique d'amour de la nature dans ce geste qui, d'habitude, est réservé aux autres êtres humains. Cette accolade fraternelle procure une grande joie aux enfants, un calme et une sérénité surprenante aux adultes. Ce phénomène n'est d'ailleurs aucunement réservé aux enfants mais ces derniers ont moins de résistance que les adultes à une telle effusion.

Le bain de nature illustre le désir de lien essentiel avec la nature, non pour la dominer mais pour être en phase avec elle. L'épanouissement personnel et social n'est possible que par cette connaissance de la nature, du monde végétal et animal. Nous sommes parties prenantes de notre écosystème, nous l'avons souvent oublié, mais nos enfants nous montrent ce besoin et cette soif de nature pour vivre harmonieusement.

L'ambition de relier l'enfant et la nature dans les apprentissages est au cœur de la pédagogie des écoles forestières ou *Forest schools*. Ce courant pédagogique ancien, très présent dans les pays scandinaves, est une des approches éducatives les plus novatrices de ces dernières années. Ce besoin de nature, symbole de liberté, est aussi une volonté d'ancrage dans le réel et le concret. L'éducation en nature proposée par les *Forest schools*, dont les activités de cet ouvrage sont directement issues, est une nouvelle façon de penser nos sociétés et notre avenir.

Pourquoi il est primordial de sensibiliser l'enfant à la nature dès le plus jeune âge ?

Sensibiliser l'enfant à la nature et lui permettre d'être en contact avec la faune et la flore est un enjeu très actuel. Les enfants adorent jouer aux explorateurs et vivre des aventures en extérieur. Cette sensibilisation à l'environnement végétal et animal est le moyen d'observer et d'écouter les animaux, le vent, l'eau qui coule ou les arbres qui bougent. C'est aussi le moment de l'action, de la découverte de nouveaux territoires, de nouveaux paysages et de nouvelles façons d'être. Ces moments ludiques et joyeux permettent de donner des repères et du sens à des connaissances acquises par les enfants.

La pédagogie des *Forest schools* propose, dans le cadre de la nature sous toutes ses formes, un espace privilégié d'apprentissages. Par la pratique régulière de la nature, les enfants acquièrent toute une série de compétences cognitives, sociales, physiques et émotionnelles. Les activités de cet ouvrage sont issues de cet esprit des *Forest schools* et d'une éducation soucieuse de sensibiliser les enfants à leur environnement.

Cette sensibilisation peut se développer autour de 4 axes

- Éveil des sens et de la créativité
- Respect de l'ensemble des éléments de notre écosystème
- Développement de l'entraide et de la coopération
- Élaboration d'une éducation nouvelle à la nature

Curiosité et créativité : éveiller les sens

Les contacts avec la nature sont des sources illimitées d'expérimentations et d'apprentissages seuls ou à plusieurs. Les jeux libres dans la nature développent les sens, la curiosité et la créativité. L'objectif n'est pas d'apprendre directement mais de vivre un moment privilégié et d'éveiller ses sens. Tous les enfants sont créatifs et curieux. Cet éveil et cet essor de la créativité sont rendus possibles grâce à la découverte de l'environnement. Jouer avec des éléments naturels, fabriquer des objets, collecter, sentir, choisir son rythme sont autant de chemins pour ouvrir son esprit.

Dès la naissance, les enfants découvrent leur espace. Grâce à des activités en nature, cet éveil est stimulé. La découverte, l'exploration et l'expérimentation d'autres territoires développent encore plus la curiosité et la créativité sans bornes des enfants. Respirer, sentir, écouter toucher sont des actions que nous retrouvons dans toutes les activités développées dans cet ouvrage.

COMMENT STIMULER LA CRÉATIVITÉ DE VOTRE ENFANT ?

- Être à l'écoute de ses besoins et de ses intérêts.
- Lui laisser trouver son rythme.
- Lui faire confiance.
- Lui parler avec bienveillance et compréhension.
- Vivre ce moment avec lui.
- Lui proposer des activités tout en le laissant les adapter à sa façon.
- Dialoguer, échanger et partager avec lui.

Respecter notre écosystème

Notre écosystème mérite tout notre respect et le respecter sera notre seule façon de survivre. Nous avons oublié, par exemple, l'importance du rythme des saisons. Prendre acte de ce rythme nous permet de changer beaucoup de nos comportements. Manger des aliments de saison est un début. Observer la nature, mieux la connaître, prendre conscience de sa fragilité, nous oblige à transformer nos habitudes et nos modes de vie. Nous savons que notre écosystème est menacé et que nous sommes sa principale menace. Aider les enfants à connaître la nature est donc une invitation à s'émerveiller devant elle, à mieux la respecter et à l'aimer. Il ne s'agit pas d'idéaliser la nature mais d'en faire une réalité, un élément de leurs vies.

Beaucoup d'activités de cet ouvrage soulignent l'importance de la biodiversité. Il ne s'agit pas d'un simple mot mais d'une réalité : cette biodiversité est la condition de la survie de toutes les espèces. L'idée même d'un écosystème dans lequel les êtres humains sont en interaction avec les végétaux et les animaux est le début de la prise de conscience du besoin de respect de soi et des autres.

Entraide et interdépendance

Les activités dans et avec la nature passent par l'expérimentation. Les enfants, avec votre aide, prennent conscience de leurs limites et des dangers potentiels. Grâce à votre bienveillance et votre confiance en eux, ils se connaîtront mieux et apprécieront encore plus les beautés de la nature. Coopérer et avoir besoin des autres n'est pas un signe de faiblesse mais une meilleure connaissance de soi. Toutes les activités de cet ouvrage peuvent être faites par un ou plusieurs enfants. Expérimenter à plusieurs est toujours une source privilégiée d'échanges et de partages. C'est un moyen de développer des valeurs d'empathie et d'entraide.

Dans notre écosystème, nous sommes interdépendants. Dans le respect de chacun, de son rythme et de ses envies, nous pouvons ensemble nous épanouir harmonieusement. Connaître la nature, c'est mieux se connaître et mieux connaître les autres. Beaucoup des activités que nous vous proposons ont donc pour objectif d'éveiller à l'entraide et au partage. Seul, il est difficile de penser et d'agir toujours à bon escient. L'entraide et la coopération permettent d'aller plus loin dans la joie et la sécurité. Cette entraide peut être entre vous et votre enfant bien évidemment. C'est à eux de faire et d'expérimenter, mais les accompagner et les guider sont des moments de plaisir incommensurables.

POURQUOI FAVORISER L'ENTRAIDE ?

- On ne peut pas tout faire seul.
- C'est développer sa propre responsabilité.
- C'est connaître ses limites.
- C'est respecter l'autre, quel qu'il soit.
- C'est se dépasser pour soi et pour les autres.
- C'est être bienveillant avec soi et les autres.

Une éducation par la nature

Rapprocher les enfants de la nature et de l'environnement, c'est appréhender leur éducation d'une façon profondément différente. Les activités en nature ne sont pas des apprentissages scolaires mais des moments privilégiés pour développer autonomie, confiance en soi, attention et concentration. Il y a indéniablement un plaisir et une joie à vivre cette nature.

- LES ACTIVITÉS EN EXTÉRIEUR SONT IMPORTANTES POUR LE BIEN-ÊTRE DES ENFANTS. Face à une sédentarisation qui multiplie les problèmes de santé, comme l'hyperactivité, l'anxiété, le surpoids et le stress, la connexion avec la nature est une aide précieuse.
- LES ACTIVITÉS EN NATURE PERMETTENT AUX ENFANTS DE JOUER ET DE CRÉER. Elles ne donnent pas seulement lieu à des explorations et des moments de vie sociale, mais aussi à l'acquisition de compétences multiples en calcul, en vocabulaire et en compréhension scientifique, géographique, historique ou artistique. Les capacités cognitives et émotionnelles se développent et participent à ce développement humain. L'altruisme et l'empathie s'apprennent, tout comme l'entraide et le partage.

Les multiples activités proposées dans cet ouvrage se veulent des déclencheurs pour donner envie de vivre avec son environnement en développant ses valeurs de bienveillance, de confiance, d'estime de soi et des autres si nécessaires à l'équilibre des enfants. Être soi-même, connaître ses limites mais aussi ses capacités s'apprennent. La découverte du monde qui nous entoure est un moyen privilégié de cette éducation.

La découverte des éléments naturels est un moyen d'expérimenter, de se donner des repères et des valeurs altruistes. Les activités de cet ouvrage souhaitent donc participer à l'essor d'une éducation intégrale de l'enfant par la tête (les connaissances), le corps et le cœur (les émotions) en harmonie avec soi, les autres et l'ensemble du monde animal et végétal.

Partie 2

50 JEUX POUR CONNAÎTRE, RESPECTER ET AIMER LA NATURE

Feuillet de présentation

Aider votre enfant à connaître, respecter et aimer la nature, telle est l'ambition des activités de cet ouvrage. Issues de la pédagogie des *Forest schools*, elles sont regroupées en 5 thématiques complémentaires qui vous aideront à accompagner votre enfant dans ces apprentissages. Votre présence et votre accompagnement sont une source de joie pour votre enfant qui, confiant, saura profiter au mieux de toutes ces activités en nature. Par la pratique régulière d'activités dans la nature, c'est la pédagogie des *Forest schools* qui se met en place. Qu'il s'agisse d'un environnement végétal, boisé ou côtier, les interactions entre votre enfant et la nature sont mises en valeur dans toutes les activités.

EXPLORER LA NATURE AU RYTHME DES SAISONS

La richesse de la nature est liée à sa mutation au cours des saisons. Observer et vivre ces changements permettront à votre enfant de prendre conscience de l'immensité de la nature, de sa variété et de sa fragilité. Les 8 premières activités (pp. 20 à 32) mettent en lumière la connaissance des changements de saisons en permettant à votre enfant de développer sa créativité et son imagination.

CONSTRUIRE ET CRÉER AVEC LA NATURE

La nature est un milieu privilégié pour développer chez votre enfant ses envies de création et de construction. Les activités de cette section (pp. 33 à 48) vous montreront que chaque espace de nature, qu'il s'agisse de la forêt, de la mer, de la montagne ou de la campagne, est propice à cette soif des enfants de créer, de bâtir et de construire.

CONNAÎTRE LA FLORE DE NOTRE ENVIRONNEMENT

Arbres, plantes, graines, fruits, légumes, l'environnement végétal est une source d'inspiration. Les activités de cette section (pp. 49 à 65) vous offrent la possibilité de multiplier les jeux et les apprentissages pour que votre enfant puisse être en contact étroit avec son environnement végétal, le connaître et le reconnaître.

CONNAÎTRE LA FAUNE QUI NOUS ENTOURE

Les animaux fascinent les enfants. Les interactions sont souvent instinctives entre les animaux et les enfants. Les activités de cette section (pp. 66 à 78) visent à sensibiliser à la vie quotidienne des animaux pour mieux les connaître et les aider dans un environnement de plus en plus hostile.

PRÉSERVER LA NATURE

La nature est une amie de nos enfants, c'est grâce à elle que l'espèce humaine pourra survivre. Les activités de cette dernière section (pp. 79 à 94) permettent donc de connaître la nature pour la respecter en apprenant à changer certaines de nos habitudes. L'empathie envers la nature, l'environnement végétal et animal est un gage pour développer chez votre enfant une estime de soi et une confiance dans un monde meilleur à bâtir.

Nous espérons que toutes ces activités pédagogiques *Forest schools* seront pour vous et pour votre enfant des moments d'apprentissages, de joie et de volonté d'épanouissement individuel et collectif.

EXPLORER 1

LA FORME DES NUAGES

À partir de 3 ans

Il y a une magie et une poésie dans la création et les mouvements des nuages. Les enfants s'interrogent très souvent : d'où viennent-ils, comment bougent-ils et pourquoi font-ils de la pluie ou du tonnerre ? L'observation de la variété des formes des nuages est un moment propice à une initiation scientifique.

L'INTÉRÊT

L'observation des nuages aiguise l'imagination et la poésie en associant les formes à celles d'animaux ou de personnages. C'est ce que l'on appelle la paréidolie. Ensuite, les nuages sont des éléments de compréhension du temps qu'il fait et qu'il va faire, selon leurs mouvements et leurs transformations.
À partir de 6 ans, par l'observation des formes des nuages, il y a la possibilité d'acquérir un vocabulaire spécifique en apprenant les différents noms des nuages (cumulus, stratocumulus, stratus, cumulonimbus).

MISE EN PRATIQUE

- Prenez le temps avec votre enfant de choisir un espace confortable pour s'allonger et qui permette d'observer les nuages sans obstacles (immeubles, arbres).
- Observez les nuages et leurs étagements, puis commencez à les décrire par étapes selon les formes, les couleurs, les mouvements et les transformations. Laissez votre enfant rêver et imaginer ce que représentent les nuages, il y a beaucoup de poésie dans de telles descriptions.
- Pour les plus jeunes, les nuages peuvent être associés à des animaux et sont le début d'une histoire. À partir de 6 ans, vous pouvez commencer, avec eux, à décrire le nuage par son nom, ce qui permet aussi de comprendre sa forme, sa taille réelle, sa distance et sa transformation.

LES ASTUCES EN PLUS

- Associez les différents nuages avec le temps qu'il fait et va faire (météorologie). Quelles sont les conséquences des nuages sur le temps ?
- Vous pouvez également demander à votre enfant d'associer les nuages avec une sensation (bien-être, fraîcheur, lourdeur, froid).

EXPLORER 2

OBSERVER LE CIEL

À partir de 3 ans

L'observation du ciel est un moyen de relativiser la place des êtres humains dans l'univers. Partie visible de notre galaxie, l'observation des astres est une science à part entière : l'astronomie. Lever les yeux vers le ciel est une première initiation ludique qui, peut-être, deviendra pour votre enfant une passion.

L'INTÉRÊT

Observer le ciel permet de prendre conscience de notre présence au sein d'un monde vaste et inconnu. Cette observation à l'œil nu ouvre la voie à des observations de jour mais aussi de nuit pour comparer le ciel, le Soleil, la Lune, une multitude d'astres et d'étoiles. Des observations régulières offrent aussi la possibilité de repérer les différences entre saisons et les liens entre le ciel et « le temps qu'il fait ». L'observation du ciel sera pour votre enfant l'occasion de poser une multitude de questions. Vous ne pourrez peut-être pas y répondre, mais elles permettront non seulement d'entamer un dialogue et seront également un levier pour de nouvelles recherches.

MISE EN PRATIQUE

- Trouvez un lieu pour vous allonger et regarder le ciel tranquillement. Pour l'observation en soirée, le mieux est un espace dégagé, sans trop de lumière, à la campagne quand c'est possible.
- Avec votre enfant, choisissez des moments de la journée pour observer l'évolution du ciel. La nuit, il sera possible d'observer les étoiles et les planètes. En journée, l'observation pourra se centrer sur les mouvements du Soleil, la possible présence de la Lune et les transformations des nuages.
- Montrez à votre enfant, en dialoguant avec lui, la diversité et l'évolution du ciel, les liens entre la terre, les planètes en particulier le Soleil et la Lune. Toutes ces interrelations influencent nos paysages et nos modes de vie.

EXPLORER 3

L'AQUARELLE DES SAISONS

À partir de 6 ans

Les saisons rythment l'année et chacune d'elles possède ses propres caractéristiques. La nature est d'une richesse sans limite et les différentes saisons, chacune à leur façon, reflètent cette diversité. En collectant des feuilles, des fleurs, des écorces, des fruits, des bourgeons, des noix... avec votre enfant, vous lui offrez autant de moyens de représenter le cycle des saisons.

L'INTÉRÊT

L'objectif de cette activité est de peindre avec les traces des différentes saisons, tout en laissant libre cours à l'improvisation et à la créativité. Ainsi, chaque saison est illustrée par des couleurs différentes.

- Le printemps est la saison des fleurs, ce qui permettra des peintures riches en couleurs.
- L'été sera marqué par des tons plus éclatants mais plus monocordes.
- L'automne proposera une variété de feuilles, marrons, noix...
- L'hiver, plus austère, où la flore se replie, laissera la place aux écorces et aux bois morts.

Peindre avec les éléments naturels, c'est autant d'éléments de compréhension et de souvenirs de cette ronde des saisons.

☞ MISE EN PRATIQUE

- Après avoir récolté, selon les saisons, fleurs, plantes, écorces etc., demandez à votre enfant de les froisser et de les écraser. Laissez-le éprouver pleinement le plaisir de toucher et d'agir sur les éléments naturels.
- Placez-les ensuite séparément dans des petits pots en verre et ajoutez un peu d'eau.
- Les plantes, macérées dans l'eau, infusent et colorent l'eau. Évidemment, les éléments plus secs de l'hiver donneront moins de couleurs, c'est à observer. Tout est maintenant possible.
- Sur une feuille de type Canson®, selon ses envies, laissez votre enfant produire une œuvre avec les couleurs de la saison pour « dessiner » cette nature. Il peut utiliser un pinceau, un morceau de bois ou ses doigts !

L'ASTUCE EN PLUS

- À l'automne, pensez aux noix ! Écrasez-les et laissez-les macérer : vous obtiendrez du brou de noix qui permet de faire de magnifiques dessins et aquarelles. Veillez à protéger vos vêtements car le brou de noix tache durablement.

EXPLORER 4

LA PROMENADE PHOTOGRAPHIQUE

À partir de 6 ans

Pour votre enfant, être un reporter de la richesse de la nature est possible en photographiant vos promenades. L'œil de l'appareil est un moyen de regarder différemment. Ces photos, associées à une cueillette d'objets de toutes sortes, seront autant de souvenirs de la variété de la nature en toutes saisons.

L'INTÉRÊT

L'objectif de cette activité est d'apprendre à observer et à photographier. Les photos prises par votre enfant développent sa confiance, son attention et son autonomie. Le but est de pouvoir, grâce à des photos, porter un autre regard sur la nature. Ainsi, il sera possible de revenir sur le souvenir d'une promenade, de mieux identifier des plantes, des insectes ou des lieux.

☞ MISE EN PRATIQUE

- Profitez d'une promenade pour demander à votre enfant de photographier des objets naturels, des arbres, des chemins. Laissez-le choisir ce qu'il veut photographier et la façon dont il veut le faire. Les résultats peuvent être surprenants et pourront être l'objet de discussions sur le cadrage et sur les intentions du petit reporter.
- Votre enfant observe à sa façon et selon ses envies. Le résultat sera le sien. Si vous sortez à plusieurs pour cette activité, il sera intéressant de constater que chaque enfant photographie à sa façon, avec son œil personnel. Vous veillerez à valoriser le regard original de chacun.
- Ensuite, vous pourrez choisir certaines photos, les décrire et vous souvenir ce qu'elles représentent et le lieu où elles ont été prises. Quels étaient les éléments qui se trouvaient autour et que la photo ne montre pas ? Au-delà de l'objet photographique, il est intéressant de se remémorer et d'être capable de décrire, avec un vocabulaire précis, un lieu, une action, une émotion ressentie.

L'ASTUCE EN PLUS

- Laissez votre enfant photographier ce qu'il veut comme il le veut et, de votre côté, faites de même. Vous vous amuserez à comparer vos photos : elles refléteront des points de vue différents, à hauteur d'adulte ou d'enfant.

EXPLORER 5

TABLEAUX DE FEUILLES ET DE FRUITS

À partir de 5 ans

À chaque saison ses feuilles et ses fruits. Élaborer un tableau à partir d'éléments naturels peut donc se faire au fil de l'année. À la manière du peintre italien Giuseppe Arcimboldo qui représentait ses personnages avec des fruits ou des légumes, votre enfant improvisera un tableau composé de collages de fruits et plantes de saison.

L'INTÉRÊT

L'objectif de cette activité est de développer l'autonomie de votre enfant en le laissant, au gré de ses envies, récolter feuillages, fruits, baies, etc. pour ensuite illustrer sa promenade sous forme d'un tableau abstrait ou figuratif.

MISE EN PRATIQUE

- Partez en promenade avec votre enfant pour récolter des fruits, fleurs, feuilles, écorces selon les saisons. Les textures et couleurs différentes comme les nuances de tons sont à privilégier en pensant à la réalisation future.
- De retour de cette promenade, découvrez et sortez du sac tout ce qui a été récolté. Il est possible de trier, classer les éléments par nature ou par couleur par exemple.
- Réfléchissez à une composition picturale à partir des objets recueillis. Sur une grande feuille, déposez les différents éléments et créez une composition, un personnage, un paysage.
- Quand la composition est terminée, il est possible de coller et de vernir, toujours sous le contrôle d'un adulte. Il existe dans le commerce des colles fortes spéciales que vous pouvez utiliser pour fixer les éléments naturels.

L'ASTUCE EN PLUS

- La création d'un mobile ou d'une sculpture à partir des objets recueillis est une variante possible.

PLANTATIONS ET GERMINATIONS

À partir de 4 ans

La connaissance de la nature passe par celle du cycle végétal. Les Romains la voyaient dans *Flora*, la déesse des végétaux qui sortait de la terre au printemps. Avec les enfants, au-delà de la magie de cette (re)naissance, il convient de tenir compte de la force du cycle de la germination. L'objectif est de montrer l'importance de l'eau et de la température pour un bon cycle végétatif, base de compréhension de la nature qui nous entoure.

☆ L'INTÉRÊT

Vous allez planter et faire germer des graines pour faire découvrir à votre enfant le cycle végétatif. L'observation de ce cycle permet l'usage d'un vocabulaire spécifique : « plantation », « germination », « levée », « floraison ». Tout le développement des végétaux illustre le rythme des saisons et l'importance des conditions environnementales.

☞ MISE EN PRATIQUE

- Choisissez des graines comme celles de lentilles ou haricots, qui germent rapidement. Vous pouvez aussi opter pour des graines de fleurs ou de légumes comme les radis, les tomates cerises ou encore, plus spectaculaires, les potirons.
- Placez un peu de coton au fond d'un récipient en verre ou d'un pot de yaourt, par exemple. Posez quelques graines, recouvrez d'un peu de coton et imbibez d'eau. Sur le pot en verre, écrivez le nom du végétal.
- Régulièrement avec les enfants, observez ce qui se passe et l'évolution des plantations.
- Faites attention à ne pas noyer les graines en arrosant trop : cela aussi est un apprentissage ! Quand la graine aura bien germé, vous pourrez la planter en terre.

L'ASTUCE EN PLUS

- Mettez en place un carnet d'observation dans lequel l'enfant notera et dessinera, seul ou avec votre aide, ce qu'il constatera : les différences entre les germinations, les besoins en eau, la vitesse de croissance pour comparer les cycles végétatifs.

EXPLORER 7

LE PATCHWORK DES SAISONS

À partir de 4 ans

Activité familiale, le patchwork des saisons est une allégorie du rythme de l'année au fil des promenades successives. Illustration du cycle des saisons et de leurs variétés, le patchwork se complète progressivement. La juxtaposition des quatre saisons reflète l'évolution de l'année et le souvenir des promenades.

L'INTÉRÊT

Cette activité permet aux enfants de récolter des éléments et des traces de végétaux tout au long de l'année. Sortie après sortie, le patchwork de 12 carrés se composera de tonalités et de textures différentes et, mis bout à bout, formera un décor représentatif de l'année écoulée.

☞ MISE EN PRATIQUE

- À la maison, préparez un carré découpé dans une feuille de type Canson® (environ 8 x 8 cm). Sur ce carré, collez un morceau d'adhésif double-face (vous pouvez en trouver dans les magasins de bricolage) à peu près de la même taille.
- Partez en promenade et confiez à votre enfant le carré ainsi préparé, après avoir enlevé la pellicule protectrice de l'adhésif.
- Au cours de la promenade, selon ses envies, votre enfant y collera facilement ses trouvailles et petits trésors (feuilles, plumes, brindilles, écorces, fleurs, coquilles d'œufs au printemps...).
- De retour et au fil des promenades successives, vous constituerez un patchwork qui, sur 12 sorties, une par mois, composera le patchwork annuel. Il sera intéressant visuellement d'accrocher tous les carrés dans un lieu facilement accessible par l'enfant.

LES ASTUCES EN PLUS

- Attention, plus l'enfant est jeune, plus le carré doit être petit car un grand carré peut être fastidieux à remplir. Adaptez-vous à votre enfant.
- Pour les plus grands, le patchwork peut devenir un jeu de l'oie géant où chaque case sera l'occasion de questions et de souvenirs.

EXPLORER 8

MANCHE À AIR ET FORCE DU VENT

À partir de 8 ans

Les feuilles d'automne virevoltent, les vents d'hiver nous refroidissent mais les vents annoncent aussi le printemps et ceux, plus chauds, l'été. La circulation atmosphérique n'est possible que grâce à leur présence. Ils influent sur nos envies et les modifications climatiques sont en train de les transformer. Grâce aux vents, les moulins des meuniers écrasaient le blé et aujourd'hui les éoliennes produisent une partie de notre énergie.

L'INTÉRÊT

Une manche à air dans un cône en tissu est un bon moyen de mettre en évidence la force et la direction des vents. Les enfants en ont déjà vus car il y en a sur les bords de routes ou dans les aéroports. Ici, l'objectif est d'observer et d'apprendre à lire le vent. Cette activité développe la curiosité, l'observation et l'autonomie.

MISE EN PRATIQUE

- Prenez un manche à balai (ou une grande branche) sur lequel vous allez fixer votre manche à air. Celle-ci peut être confectionnée en tissu en découpant la manche d'un vieux sweat-shirt que votre enfant ne remettra plus ou, encore mieux, un des vôtres pour que le vent ait plus d'espace où s'engouffrer.
- Installez votre manche à air dans un endroit approprié.
- Observez ses mouvements : vous obtenez la direction du vent. Si la manche à air se gonfle à l'horizontale, c'est la preuve de la force du vent. Cette première initiation permet de mettre en évidence la présence du vent et ses mouvements dans des directions précises. Il conviendra, si votre enfant est intéressé, de lui montrer que sous d'autres latitudes, la force des vents peut provoquer des tempêtes, des ouragans ou des tsunamis.

CONSTRUIRE 9

LA CABANE-NATURE

À partir de 5 ans

Construire une cabane nature ou un abri reste une activité incontournable. En forme de tipi autour d'un arbre ou avec un toit de branchages et feuillages, la cabane est à l'origine de toutes les formes d'architecture. Construire un abri répond à un besoin vital de lutte contre les intempéries. Il ne s'agit pas de dominer la nature mais de créer avec elle une cohérence et une liaison pour être protégé au cœur de la nature.

☆ L'INTÉRÊT

L'objectif est de construire une cabane sans apporter d'éléments extérieurs : une cabane éphémère qui puisse disparaître sans laisser de déchets. Il s'agit d'un travail d'équipe qui développe les initiatives de chacun mais aussi le partage et les échanges. Chacun à sa façon apporte au groupe. Il ne s'agit pas de compétition mais bien de coopération avec une répartition des tâches.

☞ MISE EN PRATIQUE

- Pensez à prendre avec vous de la corde, puis partez à l'aventure pour choisir un espace propice à la construction de la cabane. Elle peut être appuyée contre un arbre ou s'installer entre des arbres.
- Ensemble, ramassez le plus de branches et de feuillages possible. Il ne s'agit pas de casser ni de couper des branches mais de ramasser des branches mortes déjà à terre.
- Posez à votre façon les différentes branches autour de l'arbre choisi. La corde apportée permettra d'attacher les différentes branches entre elles et au tronc.

L'ASTUCE EN PLUS

- Une fois rentrés à la maison, vous pouvez fabriquer une maquette de votre cabane. Elle deviendra un espace de jeux avec des personnages.

CONSTRUIRE 10

MODELAGE DE TERRE

À partir de 3 ans

La découverte de la nature passe par le contact direct avec la terre. Les enfants aiment toucher et même parfois, petits, goûter la terre ! Au-delà de cette curiosité, jouer avec la terre est un plaisir et un besoin. C'est le matériau de base des constructions y compris les plus imposantes. La modeler permet de mieux la connaître.

L'INTÉRÊT

Faire de la boue, mélange d'eau et de terre, est un moyen simple de faire comprendre aux enfants que la nature, si nous la respectons, peut tout nous donner. Cette activité développe les sens, la créativité et l'habileté des enfants.

MISE EN PRATIQUE

- Préparez de la terre que vous serez allés chercher dans la nature. Le mieux est une terre argileuse mais tous les types de terre fonctionnent. Mettez-la dans un seau de la taille de votre choix. Avec votre enfant, pétrissez-la en enlevant les impuretés qu'elle possède ou les petits animaux. Ces derniers seront un moyen d'expliquer leurs rôles dans la bonne santé de la terre. Ils seront remis en pleine terre délicatement. Vous pouvez aussi passer la terre sèche dans un gros tamis.
- Ensuite, incorporez petit à petit de l'eau, tout en continuant à malaxer la terre. C'est de la « cuisine » et votre enfant pétrit la terre comme une pâte. Quel plaisir de patouiller !
- La boue obtenue doit être humide et collante. Si vous avez une terre très sableuse et peu compacte, vous pouvez ajouter un peu d'argile qui donnera une meilleure consistance à l'ensemble.

- Cette boue peut être étalée sur une planche en bois. Votre enfant peut écrire et dessiner dessus. Une fois sèche, la terre gardera les traces de son dessin. Mais, en fonction de la consistance de votre mélange, la terre peut aussi être modelée pour former des petits personnages. Laissez sécher au moins une nuit et prévenez votre enfant que sa production sera fragile mais recyclable à l'infini.

L'ASTUCE EN PLUS

- Vous pouvez constituer avec la terre des petites briques de 5 cm sur 5 cm. Une fois sèches, elles seront des éléments de construction pour jouer.

CONSTRUIRE 11

LA MAQUETTE VÉGÉTALE

À partir de 8 ans

En toutes saisons, la nature est source d'inspiration pour créer. L'idée d'une maquette végétale est de construire un peu de nature, à une échelle réduite, avec des éléments ramassés lors d'une promenade. La créativité des enfants vient à la fois de ce qu'ils ont pu voir mais aussi de leur capacité à imaginer et créer.

L'INTÉRÊT

Construire une maquette, c'est un outil de compréhension de l'espace, un passage entre l'observation et le plan abstrait. Découverte de l'espace de façon concrète, cette activité est aussi créative car elle permet d'imaginer des espaces « végétalisés » qui seront peut-être ceux du futur !

MISE EN PRATIQUE

- Après avoir collecté, lors d'une promenade, des fleurs, fruits, écorces, feuilles, petits cailloux, mettez à plat tous ces trésors.
- Réfléchissez ensemble à la fabrication d'une maquette réaliste ou imaginaire selon les envies de votre enfant.
- Petit architecte, avec votre aide, il construit à sa convenance des chemins, des ponts, des maisons avec les écorces, les branches et les cailloux.

L'ASTUCE EN PLUS

- La maquette végétale peut devenir « ville idéale » si vous demandez à votre enfant de penser la ville du futur.

CONSTRUIRE 12

FABRIQUER UNE BOUSSOLE

À partir de 8 ans

Outil ancien de repérage, la boussole permet de s'orienter et de trouver les 4 points cardinaux (Nord, Sud, Est et Ouest). Composée d'une aiguille aimantée qui s'aligne avec le champ magnétique de la terre, elle pointe le Nord. C'est un outil indispensable pour se repérer.

L'INTÉRÊT

La construction d'une boussole permet de faire comprendre les éléments majeurs de l'orientation aux enfants. L'aiguille qui indique le Nord en toutes circonstances paraît toujours un peu magique ! C'est l'occasion aussi de découvrir le vocabulaire spécifique des points cardinaux et de comprendre, en l'expérimentant, l'importance du phénomène de la force du champ magnétique terrestre.

MISE EN PRATIQUE

- Munissez-vous d'une épingle métallique. Pour l'aimanter, vous devez créer de l'électricité statique en la frottant contre un aimant. Prenez par exemple l'aimant à l'arrière d'un magnet accroché au réfrigérateur. C'est le plus simple mais vous pouvez aussi, avec une vis ou un clou, créer votre propre aimant en le frottant.
- Lorsque votre aiguille est aimantée grâce à l'électricité statique, découpez une tranche d'un bouchon de liège et piquez l'aiguille à l'horizontale dans la tranche du bouchon. Elle doit ressortir des deux côtés de la tranche.
- Versez de l'eau dans un bol, placez le bout de bouchon avec l'aiguille sur l'eau
- Naturellement, l'aiguille s'aligne sur le champ magnétique de la terre et pointe le Nord. Vous pouvez comparer avec une « vraie » boussole pour vérifier.

L'ASTUCE EN PLUS

- Une boussole portable permettra une course d'orientation avec votre enfant.

CONSTRUIRE 13

CRÉER DES PERSONNAGES AVEC DES MATÉRIAUX DE RÉCUPÉRATION

À partir de 6 ans

Respecter la nature, c'est éviter les déchets inutiles et expérimenter le recyclage. Les jouets construits par les enfants eux-mêmes sont peut-être plus simples que les jouets manufacturés mais ils sont aussi ceux avec lesquels on a le plus envie de jouer car cette simplicité ouvre le champ à l'imagination.

L'INTÉRÊT

Fabriquer des objets et des jouets avec des matériaux de récupération, c'est prendre conscience de la possibilité de recycler et de ne pas jeter tout objet après usage. L'utilisation d'objets récupérés, ficelles, morceaux de cartons, trombones, restes de fils de laine, coquillages, etc. offre des nouveaux horizons de créativité.

MISE EN PRATIQUE

- Au cours d'une promenade, ramassez des morceaux de bois, des petites pierres, des écorces ou, en bord de mer, des coquillages.
- Selon ses envies, votre enfant peut construire des objets à partir de ces matériaux de récupération. Jouez sur les textures par exemple en prenant une pierre comme élément central. Puis, créez avec des morceaux de bois et de la ficelle des personnages.
- À l'aide d'un feutre, vous pouvez ajouter des détails plus réalistes mais sans excès. Les enfants ont une imagination foisonnante pour créer et recréer ce dont ils ont besoin pour jouer.

L'ASTUCE EN PLUS

- À partir de matériaux de récupération non naturels mais utilisés au quotidien (morceaux de carton, ficelles, etc.), vous pouvez construire d'autres personnages.

CONSTRUIRE 14

DÉMARRER UNE COLLECTION DE PIERRES OU DE COQUILLAGES

À partir de 6 ans

Collectionner est une activité privilégiée de tous les enfants. L'envie de garder et rassembler des objets singuliers et de créer des collections fait partie du développement humain. Nous avons une volonté de conserver des souvenirs mais aussi d'observer constamment et de manipuler les objets collectés. La nature offre l'opportunité d'une multitude de collections, qu'il s'agisse d'espaces boisés, de la montagne ou des bords de mer avec pierres et coquillages. Activité ludique et familiale, la cueillette en nature est toujours un moment joyeux.

L'INTÉRÊT

Collectionner est une activité ludique mais c'est aussi la manifestation d'un désir d'ordonner, de classer. L'attention et la concentration sont sollicitées car toute collection nécessite du soin et des choix. Pourquoi cet objet fait-il ou non partie d'une sélection ? Une telle question ouvre des perspectives sur une collection toujours vivante, jamais complète et qui peut même être poursuivie adulte.

☞ MISE EN PRATIQUE

- Au cours d'une promenade ou au bord de la mer, laissez votre enfant choisir des objets. Très vite, vous verrez son envie de rechercher des objets de même type.
- La collection est née. D'un simple coquillage, on l'observera, on en recherchera d'autres plus grands, plus petits, plus ronds, moins lisses...
- La collection implique de faire des choix et des classements. Aidez votre enfant à les faire. La place peut manquer, mais surtout classer et numéroter permettra d'identifier les éléments de la collection.

L'ASTUCE EN PLUS

- À partir de la collection choisie, vous pouvez l'amener à s'intéresser à des objets similaires dans d'autres continents et climats.

CONSTRUIRE 15

CONSTRUIRE UN POTAGER PORTATIF

À partir de 6 ans

Arroser, semer, entretenir son propre potager pour pouvoir sentir puis cueillir et récolter sont des activités de première importance pour se connecter à la nature. Nous prenons de plus en plus conscience de la nécessité d'entretenir des potagers pour aller vers l'autonomie alimentaire mais aussi pour le bonheur de voir pousser des légumes, même dans un espace très réduit.

L'INTÉRÊT

Créer son potager est un moyen de comprendre les besoins essentiels dans le cycle végétal : lumière, chaleur, eau... Pour les enfants, c'est une activité qui développe l'attention, l'autonomie et la patience ainsi que la responsabilité d'un entretien régulier dans le respect des plantes.

☞ MISE EN PRATIQUE

- Choisissez un emplacement ensoleillé. Prenez un ancien cageot en bois.
- Demandez à votre enfant de le renforcer pour ne laisser que quelques petits trous dans le fond. Il peut le renforcer à l'aide de morceaux d'un second cageot.
- Remplissez-le de terre. Semez des produits locaux et variés comme des graines de radis, de carottes, de tomates cerises ou de haricots.
- Prenez l'habitude d'arroser la terre selon ses besoins et d'observer l'évolution. Au-delà du plaisir de la récolte, c'est tout le processus qui est intéressant à vivre pour voir pousser ses propres légumes.

L'ASTUCE EN PLUS

- L'intérêt du potager portatif, c'est que vous pouvez avec votre enfant choisir de le déplacer pour en changer l'orientation si elle ne convient pas aux besoins des plantes, mais aussi de construire ce petit potager sur un simple balcon.

CONSTRUIRE 16

LE MANDALA VÉGÉTAL

À partir de 6 ans

Le mandala végétal est une activité à la fois artistique et manuelle. Il s'agit de créer à l'aide de matériaux naturels de toutes sortes (fleurs, graines, coquillages…) des formes symétriques inscrites dans un cercle. Les mandalas sont devenus des activités incontournables pour se détendre et détacher son esprit des tracas quotidiens. Ces formes peuvent être créées seul ou à plusieurs pour concevoir des œuvres éphémères.

L'INTÉRÊT

La réalisation d'un mandala végétal développe la créativité et l'imagination mais aussi la rigueur et la concentration. Individuelle ou collective selon la taille du mandala, cette activité peut aussi favoriser les échanges et l'entraide. Mais c'est avant tout une activité de détente et de lâcher prise pour les enfants.

MISE EN PRATIQUE

- Ramassez le plus de matériaux divers et colorés possible lors d'une promenade en forêt, au bord de la mer ou dans un jardin. Classez vos trouvailles par taille, couleur, et forme.
- Choisissez un espace à l'abri du vent. Imaginez ensuite le mandala avec votre enfant. Laissez-le faire le plus possible en pensant ou en dessinant à la craie les formes géométriques qu'il désire. Expliquez-lui simplement la notion de symétrie présente dans chaque mandala.
- Vous pouvez commencer ensemble à créer votre mandala en remplissant les formes.

L'ASTUCE EN PLUS

- Le mandala végétal peut être dessiné avec les fleurs et fruits macérés dans de l'eau.

CONSTRUIRE 17

FABRIQUER UNE COURONNE NATURELLE

À partir de 8 ans

L'esthétique de la nature est importante. La beauté des fleurs et des feuilles permet d'élaborer des déguisements et en particulier des couronnes avec des branches et des fleurs. Toutes les civilisations ont vénéré la nature en créant des compositions végétales pour des cérémonies ou, au quotidien, pour se rappeler l'apport de la nature dans nos vies.

L'INTÉRÊT

Cette couronne végétale peut être une décoration ou un attribut porté par les enfants. Qu'elle soit fleurie ou verte avec du lierre, la réalisation d'une couronne végétale est une activité manuelle qui laisse une large part à la créativité des enfants. Son élaboration permet aussi le développement de la coordination manuelle des petits doigts, en lien avec l'envie de créer du beau.

MISE EN PRATIQUE

- Récoltez des fleurs et des feuilles en gardant bien les tiges et les fins branchages. Des plantes grimpantes comme le lierre ou à longue tige comme la gypsophile sont à privilégier.
- Le choix des tonalités est important. Tressez les tiges et les fleurs pour fabriquer une couronne esthétique. La couronne doit être ajustable à la tête de votre enfant. Chaque saison permet une couronne différente.

L'ASTUCE EN PLUS

- La couronne végétale peut être l'objet d'une thématique : une couronne avec seulement des épis de blé, une autre avec des fleurs odorantes ou avec de petites baies.

CONSTRUIRE 18

LAND-ART

À partir de 6 ans

Grâce aux matériaux les plus divers de la nature, les enfants peuvent créer et imaginer des paysages végétaux éphémères. Ce land-art peut prendre des formes monumentales. Ici, il s'agit avec votre enfant de représenter la nature avec des matériaux naturels et en milieu naturel. Cette activité peut se pratiquer aussi bien dans un jardin que sur la plage ou en forêt.

☆ L'INTÉRÊT

Cette activité créative laisse une large part à l'imagination. Il ne s'agit non pas, comme pour le mandala, de créer des formes géométriques, mais un paysage avec des ombres et des volumes différents.

☞ MISE EN PRATIQUE

- Au cours d'une promenade ou sur une plage, vous pouvez avec votre enfant créer ce land-art éphémère. Vous allez créer une représentation d'un espace mais il faut accepter sa destruction par la nature après l'avoir fait.
- Ramassez donc avec votre enfant des matériaux naturels : feuilles, branches, écorces, pierres, sable ou coquillages selon le lieu.
- Choisissez un espace où vous pouvez jouer sur les différences du sol. Par exemple, en forêt, autour d'un arbre dont les racines soulèvent le sol.
- Laissez votre enfant créer un paysage selon ses envies. Tout est possible : représentation plane, verticale avec des branches… L'objectif est de créer selon ses sensations à partir de l'espace dans lequel vous vous trouvez, en jouant avec le relief, le climat, la présence d'eau ou de vent.
- Il sera intéressant quand c'est possible de revenir le lendemain pour observer les éventuelles transformations et pour en déterminer les causes : action du vent ? De l'eau ? D'un animal ? D'un être humain ?

CONSTRUIRE 19

LE JARDIN JAPONAIS

À partir de 6 ans

Le jardin japonais est l'évocation d'un aménagement particulier qui vise à magnifier la nature en la reproduisant en miniature. Ce jardin, composé de pierres, cailloux, graviers, mousses, écorces, rend hommage à la beauté de la nature et à sa variété. Il y a une symbolique de respect envers la nature devant sa beauté. Chaque élément d'un paysage sera symbolisé par un élément de ce jardin. Par exemple, une pierre représentera une montagne et un peu d'eau une mer. Ce jardin favorise le calme, le silence, le lâcher prise… C'est aussi une façon de montrer l'importance de la nature dans nos existences.

☆ L'INTÉRÊT

L'élaboration d'un jardin japonais est un éveil des sens pour les enfants. Il y a un travail manuel, ainsi qu'une volonté de mettre en avant les liens entre la composition et les émotions que la nature peut procurer. Pour les enfants, c'est prendre conscience que, dans la nature, certains éléments sont visibles et d'autres, plus complexes, sont à découvrir. La nature peut être secrète.

☞ MISE EN PRATIQUE

- L'élaboration du jardin japonais doit être pensée au préalable. Pour cela, n'hésitez pas à en montrer des exemples à votre enfant.
- Lors d'une promenade, récoltez une multitude de matériaux (terre, cailloux, bois, mousse). Vous pouvez aussi prendre du sable et des gravillons pour compléter car ce sont des incontournables d'un jardin japonais.
- Tout d'abord, délimitez précisément les contours de votre jardin japonais par une rangée de petits cailloux ou de branches.
- Ensuite, la composition proprement dite doit mettre en avant différents plans bien délimités par les différents matériaux. Par exemple en commençant par un espace de sable, puis de gravillons, puis d'écorces ou mousses. Il faut penser à l'esthétique générale du jardin.
- Comme il s'agit d'une symbolique d'un paysage en miniature, l'enfant peut créer une ligne avec des branchages représentant une rivière ou un petit pont.

L'ASTUCE EN PLUS

- Le jardin peut être pensé comme un itinéraire où l'on peut marcher sur un chemin précis.

LA FLORE 20

MON FRÈRE L'ARBRE

À partir de 3 ans

Les arbres représentent pour les enfants des êtres familiers mystérieux. Leur hauteur illustre leur force. Leur feuillage invite à la rêverie. Une forêt est un espace de légendes et de magie dans la plupart des contes. Il convient de montrer aux enfants que les arbres sont fragiles et vivants, qu'ils méritent tout notre respect et que nous sommes liés.

L'INTÉRÊT

Les bienfaits d'un contact avec la nature sont reconnus, notamment pour réduire les tensions et développer les sens. Se connecter aux arbres, c'est prendre conscience de leur force, de leur fragilité et de la nécessité de mieux les connaître pour les respecter.

MISE EN PRATIQUE

- Au cours d'une promenade choisissez un arbre avec votre enfant. Ensemble, observez-le, prenez le temps de le contempler. Saluez-le et parlez-lui.
- Dites à votre enfant de s'approcher de lui. Il peut l'enlacer avec douceur et calme, sans précipitation. Faites-lui remarquer que sa respiration est en lien avec celle de l'arbre. Incitez-le à écouter sa respiration et à le sentir. Les pieds bien ancrés dans le sol, comme l'arbre, votre enfant marque ainsi son enracinement dans la terre.
- Laissez-le éprouver quelques minutes ces nouvelles sensations dans le calme.
- Après cette expérience, demandez-lui ce qu'il a ressenti et quelles émotions sont apparues. Souhaite-t-il renouveler l'expérience ? Si tel est son choix, renouvelez l'activité. Il peut revenir vers le même arbre et l'enlacer à nouveau.
- Cette pratique peut devenir régulière pour créer un lien avec un arbre particulier. Ainsi, votre enfant le verra évoluer et grandir. N'hésitez pas à convenir d'un rythme de visite selon les saisons.

LA FLORE 21

L'ANATOMIE DE L'ARBRE

À partir de 6 ans

L'anatomie d'un arbre permet de comprendre la complexité de la vie des végétaux et notamment les liens entre les parties visibles à l'œil nu et les parties invisibles comme les racines. Les différentes parties (branches, feuilles, tronc, racines) sont autant d'éléments que l'on retrouve dans les jambes, le tronc, la tête et les bras d'un être humain. La connaissance de l'anatomie de l'arbre est importante pour savoir comment il vit mais aussi comment l'aider lorsqu'il est malade et le respecter en tant qu'individu à part entière. Si l'arbre ne parle pas, il s'exprime et nous aide à vivre.

L'INTÉRÊT

Cette activité permet d'identifier et de nommer les différents éléments constitutifs d'un arbre. C'est aussi l'occasion d'imaginer la partie invisible, et pourtant fondamentale, de cet arbre en reconnaissant l'anatomie de l'arbre des racines aux cimes.

MISE EN PRATIQUE

- Choisissez un arbre avec votre enfant et observez ensemble ses différentes parties (branches principales, secondaires, feuilles, tronc, racines visibles, écorce des différents côtés).
- En l'observant, posez-vous une série de questions : comment grandit-il ? Comment se nourrit-il ? À quoi sert chaque élément de l'arbre ? Apportez des réponses simples.
- De retour de promenade, aidez votre enfant à dessiner l'arbre observé et ses différentes parties visibles et non visibles.

L'ASTUCE EN PLUS

- Cette activité permet de comprendre que la partie visible de l'arbre ne peut vivre que par les racines, l'eau et le respect de l'environnement.

LA FLORE 22

LE SQUELETTE DE LA FEUILLE

À partir de 10 ans

Les feuilles sont connues de tous mais possèdent pourtant de vrais secrets. En effet, la feuille est un condensé de vie. Chaque partie de la feuille (tige, nervures principales et secondaires) se structure comme un squelette humain. Elle possède des épidermes, parfois différents, entre les deux faces. Sa physionomie n'est donc pas si simple ! Elle est aussi le reflet de la photosynthèse et elle respire.

L'INTÉRÊT

Avec cette activité, les enfants pourront observer et connaître les différents éléments d'une feuille mais aussi mettre en lumière tout le réseau de la feuille. Cette activité vise à « décortiquer » une feuille pour comprendre sa complexité et sa fragilité. Pour les enfants, c'est une activité de concentration, d'attention et de minutie. Un adulte doit être présent pour superviser cette activité (cuisson des feuilles).

☞ MISE EN PRATIQUE

- Au cours d'une promenade, recueillez avec votre enfant des feuilles provenant de végétaux différents. Prenez le temps de les observer avec attention : leurs couleurs, leurs formes et leurs tailles.
- Placez quelques feuilles dans une casserole pour en tapisser le fond. Recouvrez de carbonate de soude (10 cl, soit un verre) et d'eau (4 verres). Faites bouillir à feu moyen. Il faut environ une demi-heure de cuisson pour que les feuilles deviennent molles.
- Délicatement, aidez votre enfant à sortir les feuilles de l'eau à l'aide d'une spatule en bois. Placez-les sur un papier essuie-tout.
- Pour vous aider, tenez la tige avec votre pouce et la feuille avec votre index. De votre autre main, avec une ancienne brosse à dents, frottez la feuille de la tige aux extrémités et toujours dans un seul sens. Vous dénervez ainsi chaque feuille pour laisser apparaître son squelette.
- Laissez sécher à plat entre deux feuilles de papier journal.

L'ASTUCE EN PLUS

- L'anatomie de plusieurs feuilles d'espèces différentes permettra de les comparer et de mieux les connaître.

LA FLORE 23

RÉALISER UN HERBIER

À partir de 6 ans

Réaliser un herbier, c'est-à-dire collectionner et conserver les fleurs et les feuilles, est une activité incontournable de la connaissance de la nature. Cette collection de fleurs et de feuilles séchées est un outil d'apprentissage de la flore, de l'étude de la biodiversité, de la fragilité et la variété des végétaux. L'herbier illustre le besoin de connaître et de conserver les plantes.

L'INTÉRÊT

Faire sécher des plantes permet de les conserver, de les cataloguer et d'en connaître les noms. La réalisation d'un herbier demande de la rigueur et de la motivation. L'activité demande aussi de la patience et de l'attention.

☞ MISE EN PRATIQUE

- Récoltez avec votre enfant des fleurs et des feuilles d'espèces différentes. Vous pourrez en cueillir en ville dans une avenue, un parc ou en forêt ou encore lors de vos promenades dans la campagne.
- Au début, choisissez les végétaux les plus caractéristiques et familiers. L'objectif d'un herbier est de se compléter au fil du temps.
- Les plantes doivent être au préalable séchées entre deux feuilles de journal et mises sous presse par quelques livres pendant plusieurs jours.
- Ensuite, prenez un beau cahier, collez-y avec précaution chaque feuille et fleur avec un adhésif double-face, une par page. Vous pouvez conseiller à votre enfant de décorer la couverture de son herbier.
- L'idée est de pouvoir observer et nommer chaque plante mais aussi de retenir la date et le lieu de la découverte. Déterminez si possible le nom de l'arbre, de la fleur, écrivez à côté les indications et les commentaires : par exemple sa couleur d'origine car avec le temps, la feuille séchée changera de couleur.

L'ASTUCE EN PLUS

- On peut s'aider d'un des nombreux guides pour herbier pour identifier les feuilles mais, pour les plus jeunes une identification des grandes familles d'espèces (feuillus, résineux) est un bon début.

LA FLORE 24

LA CHASSE AUX TRÉSORS

À partir de 6 ans

Identifier les éléments de la nature, en comprendre les interactions, nécessite une familiarité avec elle. Les trésors de la nature sont multiples et variés. Petits bonheurs, ils parsèment les chemins, les forêts et les parcs. Ces petits trésors simples répondent aux émotions qu'ils procurent et sont les rappels d'un moment et d'un espace.

L'INTÉRÊT

La chasse aux trésors permet d'identifier des éléments de la nature. Elle permet de mettre un objet en lien avec une émotion et un lieu. Tous les éléments de la nature peuvent être des trésors : morceaux de bois, cailloux, fleurs. La chasse aux trésors permet de relier entre eux des éléments très différents et illustre les interactions de l'environnement. Il s'agit aussi d'observer et de chercher des objets qui correspondent à différents paysages.

MISE EN PRATIQUE

- Au cours d'une promenade en forêt ou dans un parc, la chasse aux trésors peut commencer ! Demandez à votre enfant de ramasser des objets naturels que vous mettrez dans un sac.
- De retour à la maison, ouvrez le sac, identifiez les différents objets et tentez de les relier en invitant votre enfant à se souvenir du lieu où il les a trouvés.
- Sur une grande feuille de dessin, recréez l'itinéraire et placez les trésors. Ces petits trésors peuvent être gardés, vous pouvez écrire dessus la date et le lieu pour vous en souvenir.

L'ASTUCE EN PLUS

- Il sera amusant de retourner sur le lieu de la collecte, munis du plan et des trésors, afin de replacer chaque élément à sa place.

LA FLORE 25

FABRIQUER DES « BOMBES À GRAINES »

À partir de 6 ans

Ces petites boulettes de graines enrobées dans de l'argile ont une longue histoire puisque l'on en retrouve en Égypte ancienne. Rebaptisées « bombes à graines », elles sont devenues un des symboles de la lutte contre la désertification et pour la biodiversité. C'est un mode d'action pour revégétaliser les espaces urbains mais aussi, à une plus grande échelle, pour redonner vie à des espaces arides.

L'INTÉRÊT

L'objectif de cette activité est de confectionner des boulettes végétales à base de graines et de terre. Ludique et sans danger, cette action permet aux enfants d'agir concrètement pour la biodiversité en lançant ces « bombes » par terre pour qu'elles germent.

MISE EN PRATIQUE

- La fabrication des bombes à graines est très simple. Il suffit de mélanger des graines variées avec de la terre argileuse. Il faut compter 1 volume de graines pour 4 volumes de terre. Si la terre est peu argileuse, on peut ajouter au mélange un peu de feuilles écrasées, de la mousse ou du papier journal humidifié.
- Malaxez l'ensemble pour former de petites boulettes de 4-5 cm de diamètre. Laissez sécher.
- L'ensemencement se fera dans un lieu choisi, un jardin, une friche, un tour d'arbres en ville, etc. Dans l'idéal, il faudrait que le sol soit un peu humide et, dans tous les cas, n'hésitez pas à lancer les bombes à graines avec force pour qu'elles intègrent le sol.

L'ASTUCE EN PLUS

- Cette activité est amusante à réaliser à plusieurs. Chacun aura confectionné des bombes de fleurs différentes et le résultat sera encore plus joli par sa variété.

LA FLORE 26

FABRIQUER DU PAPIER-GRAINES

→ À partir de 4 ans

La fabrication de « papier-graines » permet d'appréhender une partie du cycle de la plante. À partir de la germination, c'est le processus de la vie et du développement d'une plante qui est mis en lumière.

☆ L'INTÉRÊT

La fabrication d'une pâte à papier-graines permet de semer des graines. Cette activité améliore l'éveil des sens, la créativité, l'autonomie et la concentration.

☞ MISE EN PRATIQUE

- Proposez à votre enfant de déchiqueter le carton d'une boîte d'œufs ainsi qu'une ou deux feuilles de papier journal. Mélangez et amalgamez l'ensemble dans un saladier puis ajoutez de l'eau jusqu'à recouvrir la mixture.
- Lorsque la pâte est presque homogène, dépliez sur une table une serviette de toilette et déposez un torchon par-dessus. La serviette de toilette permettra d'absorber le surplus d'eau. Étalez la pâte à papier sur le torchon avec une cuillère à soupe. L'épaisseur de la pâte doit être uniforme, comme une pâte à tarte.
- À présent, votre enfant peut saupoudrer de graines la pâte encore humide en appuyant légèrement dessus pour les enfoncer superficiellement.
- Laissez sécher la pâte une nuit, pour que l'eau s'évapore complètement. Lorsque le papier-graines est sec, demandez à votre enfant de le décoller du torchon avec précaution pour éviter qu'il ne se déchire.
- Vous pouvez décorer le papier-graines et pourquoi pas l'offrir. Il suffira ensuite de le planter dans la terre ou dans un pot. Au bout de quelques jours, il germera et laissera s'épanouir des fleurs multicolores.

LA FLORE 27

CONSTRUIRE DES ÉTIQUETTES EN BOIS

À partir de 8 ans

Étiqueter pour connaître et reconnaître les végétaux, c'est le moyen d'identifier les plantes après leur plantation. L'étiquetage naturel offre aussi la possibilité de délimiter des espaces pour chaque plante. La cohérence des espaces cultivés est importante. En effet, chaque plante a ses caractéristiques. Elles doivent disposer d'un espace suffisant pour se développer. Ensuite, les plantes entre elles communiquent et interagissent. Certaines sont complémentaires, d'autres, au contraire, sont antinomiques. L'étiquetage permet d'entamer une réflexion sur l'interdépendance des plantes.

L'INTÉRÊT

Cette activité développe l'autonomie et l'habileté manuelle des enfants.

MISE EN PRATIQUE

- Ramassez quelques branches. Enlevez avec votre enfant l'écorce des branches. Vous pouvez aider votre enfant en utilisant un couteau.
- Demandez-lui ensuite de lisser un des côtés de chaque branche en le raclant pour dégager une surface plane pour écrire le nom des plantes. Vous pouvez ajouter un dessin ou une photo de la plante correspondante.
- Piquez les branches à proximité de vos plantations. L'objectif est de pouvoir bien les lire pour ensuite ajouter d'autres plantes en se souvenant de ce qui a été planté.

L'ASTUCE EN PLUS

- À la maison, demandez à votre enfant de faire un dessin ou un plan des différentes plantes à partir des étiquettes plantées dans le sol.

LA FLORE 28

LE LOTO DES FLEURS

À partir de 6 ans

Le loto des fleurs est une initiation à la botanique par la reconnaissance des fleurs et leur identification. Les jeux de loto sont multiples, on peut très bien varier avec un loto des fruits, des feuilles, des cailloux, etc. L'objectif étant bien de s'amuser à plusieurs, après avoir pris plaisir à fabriquer son propre jeu de loto.

L'INTÉRÊT

Jeu éducatif, le loto des fleurs prend ici une autre dimension car il est fabriqué de toutes pièces par votre enfant. Pour lui, c'est une motivation supplémentaire de pouvoir jouer avec ses propres créations. Créativité et autonomie sont donc mises en avant pour obtenir un vrai jeu de société qui permettra d'échanger et de partager.

MISE EN PRATIQUE

- Au cours d'une promenade, ramassez une série de feuilles et de fleurs de couleurs différentes. On peut prendre plusieurs fleurs ou fruits de même espèce, de couleurs et de formes similaires, mais il est intéressant de trouver le plus grand nombre possible de variétés.
- Pour fabriquer les planches de jeu, prenez des feuilles de papier A4 (autant que de joueurs). Sur chaque feuille, dessinez un tableau de 9 cases. Dans chaque case, écrivez le nom ou dessinez les différentes fleurs ou feuilles récoltées.
- Répartissez les planches de jeu entre les joueurs. Mettez délicatement dans un sac les différents végétaux et piochez-les un à un. Le gagnant est celui qui a réussi à remplir son tableau en premier.

LES ASTUCES EN PLUS

- On peut bien sûr élargir le panel en ramassant des châtaignes, des glands ou des petits cailloux.
- Ce loto peut aussi être fait à la plage avec des coquillages.

LA FLORE 29

RECONNAÎTRE LES PLANTES SAUVAGES COMESTIBLES

À partir de 6 ans

De nombreuses plantes facilement reconnaissables ne sont plus jugées comestibles et pourtant nos ancêtres les utilisaient et les appréciaient. C'est le cas par exemple de l'ortie, plante sauvage comestible aujourd'hui perçue comme une mauvaise herbe mais qui, riche en vitamines, était cuisinée en accompagnement, soupe ou infusion. Apprendre à reconnaître les plantes sauvages comestibles, c'est prendre conscience de la richesse de la flore de notre environnement.

☆ L'INTÉRÊT

L'idée est de se limiter à des plantes comestibles très reconnaissables. L'ortie, le plantain, le trèfle, le pissenlit, les ronces, la violette, l'oseille sauvage ou la pâquerette sont des plantes à connaître, que l'on peut même trouver parfois en ville si on a l'œil ! La gastronomie actuelle redécouvre les vertus et les qualités gustatives de nombreuses plantes oubliées. Avec les enfants, en choisissant des espèces précises, on enseigne la prudence, les réflexes de précaution mais aussi quelques notions simples de botanique.

☞ MISE EN PRATIQUE

- Tout commencera par une explication de votre part sur les précautions à prendre pour éviter une intoxication. Toute plante n'est pas bonne à manger. Aucune ambiguïté ne doit être possible et donc vous vous limiterez avec les plus jeunes à la recherche de plantes repérables immédiatement, comme les pissenlits, les trèfles et les orties.
- Lorsque vous avez trouvé un « bon coin », faites votre récolte.
- De retour à la maison, vous prendrez le temps de vérifier et de faire vérifier à votre enfant si vous êtes bien en face des plantes choisies.
- Prenez le temps de passer sous l'eau votre cueillette et de la sécher. Vous serez ainsi assurés qu'aucun pesticide ou autre ne subsiste.

- Avec votre enfant, vous découvrirez tout l'intérêt de connaître les plantes sauvages comestibles et de les déguster fraîches et crues. Attention à l'ortie quand même qui doit être mangée cuite. Après quoi, quel plaisir de préparer une salade ou une omelette savoureuse avec votre cueillette du jour !

L'ASTUCE EN PLUS

- Les fleurs peuvent être comestibles aussi. Pensez-y ! Elles sont devenues des accompagnements réguliers dans des restaurants gastronomiques.

LA FLORE 30

CUEILLIR DES FRUITS ET DES LÉGUMES

À partir de 3 ans

La cueillette est une activité ancestrale. Récolter, c'est recueillir les fruits de son travail. Les formes de récoltes sont multiples : cueillette de fruits, arrachage des pommes de terre, fauchage du blé. Individuel ou collectif, il s'agit d'un moment de joie propice à la préparation d'un repas partagé.

L'INTÉRÊT

Tout un lexique est possible sur les types de cueillettes (moisson, vendange). Mais l'intérêt immédiat de la récolte est, avec votre enfant, d'avoir le plaisir de cueillir en respectant les aliments et en connaissant mieux encore ces fruits et légumes. La joie procurée sera encore plus grande si l'enfant cueille ce qu'il a au préalable semé et vu pousser.

MISE EN PRATIQUE

- L'activité de cueillette est un moyen de s'aérer en famille, qu'il s'agisse de récolter des fruits et plantes sauvages lors d'une promenade ou de se rendre dans un espace cultivé, potager ou verger.
- Les cueillettes sont l'occasion pour les enfants d'être autonomes, d'identifier les différents fruits et de comprendre leurs caractéristiques. La pomme de terre et la carotte ne poussent pas dans les arbres, mais bien cachées dans la terre !

- La cueillette est aussi un moyen de percevoir la fragilité de certains aliments, la nécessité d'en prendre soin et même de réfléchir au fait de manger des fruits et des légumes à maturation, de saison et locaux.

L'ASTUCE EN PLUS

- La cueillette d'un aliment précis comme la pomme de terre est l'occasion de raconter à votre enfant l'histoire de sa diffusion mondiale !

LA FLORE 31

LE JEU DES ODEURS

À partir de 3 ans

Cette activité vise à développer l'odorat des enfants. Développer sa sensibilité olfactive participe au développement humain et la nature est le lieu idéal pour cela. Prendre le temps de sentir la nature, c'est prendre conscience de sa variété et de la possibilité d'en faire des odeurs familières. Les souvenirs olfactifs d'une pluie sur une terre sèche ou de l'herbe fraîchement coupée restent caractéristiques.

☆ L'INTÉRÊT

Odeurs familières ou singulières, agréables ou désagréables selon les goûts, cette initiation permet aux enfants d'identifier, de décrire une odeur et d'être capable d'exprimer leurs ressentis.

☞ MISE EN PRATIQUE

- Au cours d'une promenade, récoltez des fleurs, herbes, plantes, feuilles, terres, écorces, morceaux de bois...
- Écrasez chaque élément puis mettez-les séparément dans des petits pots en inscrivant les noms dessus. Laissez reposer quelques heures.
- Vous pouvez à présent jouer. Tour à tour, chaque participant ferme les yeux. On lui fait sentir un pot et il doit donner le plus de précisions possible sur l'odeur en question avant de donner son nom. Avec les plus grands, plus que la « bonne réponse », c'est la capacité de définir une odeur qui est recherchée (sucrée, poivrée, fraîche, boisée, minérale, végétale, etc.).

L'ASTUCE EN PLUS

- Montrez à votre enfant que certaines odeurs s'associent plus agréablement que d'autres et peuvent même évoquer des souvenirs. C'est ce qui est développé en parfumerie dans les assemblages de senteurs.

LES EMPREINTES ET LES PISTES

À partir de 3 ans

Observer et identifier les traces et empreintes des animaux, c'est commencer une réelle aventure de petit détective. Les indices laissés par les animaux ouvrent la voie à des hypothèses, des histoires et des légendes. Le respect de la faune passe par la connaissance de la façon de vivre des animaux.

L'INTÉRÊT

Grâce aux empreintes et aux traces laissées par les animaux, les enfants s'initient à la connaissance du mode de vie des animaux. Les empreintes sont des indices, il faut donc réfléchir et rechercher d'autres éléments pour comprendre d'où vient un animal, sa taille, sa morphologie et pourquoi il est passé par là !

☞ MISE EN PRATIQUE

- Au cours d'une promenade en forêt, recherchez des sentiers de terre qui sont propices aux traces et empreintes.
- Dès qu'une empreinte est trouvée, faites fonctionner vos méninges en vous posant une série de questions. L'objectif est de réfléchir plus que de trouver immédiatement la réponse.
- Demandez à votre enfant de décrire l'empreinte le mieux possible (taille, forme, profondeur). Puis élaborez une série d'hypothèses (direction, morphologie de l'animal, nombre si différentes traces).
- Interprétez à plusieurs les éléments trouvés pour échanger et vous entraider. Car chacun sait des choses, possède des connaissances et peut réfléchir au bien-fondé d'une hypothèse.

L'ASTUCE EN PLUS

- Vous pouvez récolter l'empreinte si elle est dans la terre puis en faire un moulage en plâtre pour la conserver. Plus simplement une photo permettra de rechercher d'autres indices ou de confirmer vos hypothèses en vous documentant une fois de retour à la maison.

LA FAUNE 33

LE JEU DES PORTRAITS D'ANIMAUX

À partir de 5 ans

Respecter la nature, cela passe par la connaissance des animaux qui vivent autour de nous. Différents de nous, les animaux font pour autant partie de nos vies. L'intérêt est de découvrir des espèces animales près de chez soi, non pas en captivité mais dans la réalité urbaine ou rurale. Car une quantité d'animaux, petits et grands, peuple notre environnement. Nous ne les voyons pas toujours et pourtant leur présence est le signe que la vie existe, et parfois leur survie est fragilisée par les activités humaines.

☆ L'INTÉRÊT

Les intentions de cette activité sont de permettre aux enfants de mieux connaître les animaux familiers en réalisant des portraits d'animaux. Cette activité développe des qualités d'observation, d'attention et aiguise la curiosité. Plumes, poils, mammifères… autant de termes qui définiront les grandes familles de la faune.

☞ MISE EN PRATIQUE

- Partez des connaissances de votre enfant. Quels animaux connait-il ? Peut-il dessiner chaque animal ? Que ressent-il face à ces animaux ?
- Choisissez des animaux familiers comme les chiens et les chats puis recherchez-en d'autres qu'il a pu voir.
- Faites une «carte d'identité» de chaque animal avec son nom, ses caractéristiques et un dessin. Ensuite, faites avec votre enfant des recherches pour obtenir le plus possible de renseignements sur eux.

L'ASTUCE EN PLUS

- Amusez-vous à rechercher des expressions sur les animaux comme « être rusé comme un renard » ou « indépendant comme un chat ». Il en existe de nombreuses et elles partent souvent d'une caractéristique comportementale de l'animal.

LA FAUNE 34

DÉCOUVRIR LES PETITS DES ANIMAUX

À partir de 6 ans

Les enfants sont intéressés et intrigués par les animaux. Les petits des animaux sont un moyen privilégié pour aborder la vie des animaux de manière différente en découvrant leur reproduction mais aussi leurs comportements avec leurs petits.

L'INTÉRÊT

Au-delà de la connaissance des noms des petits d'animaux (caneton, chaton, poussin, poulain, chiot, etc.), l'intérêt de cette activité est de prendre en compte l'importance des petits dans la vie des animaux. La connaissance du développement et de l'autonomie des petits, leurs comportements avec leurs parents, souligne les points communs et les fortes différences avec les relations entre votre enfant et vous, replaçant ainsi l'être humain dans le règne animal, car il en fait bien partie.

MISE EN PRATIQUE

- Observez des animaux dans leur environnement ou sur des photos. Que connaît votre enfant de leur façon de se comporter avec leurs petits ? Par exemple les oiseaux, les chiens, les chats, les vaches, les chevaux : comment s'expriment-ils ? Sortent-ils d'un œuf ou directement du ventre de leur maman ? Comment s'appellent leurs petits ? Combien de temps les parents vont-ils s'occuper de leur petit ?
- Par le biais de la connaissance des petits des animaux, c'est toute la vie collective des animaux qui se précise. À la fois fragiles mais si vite sur pieds et autonomes, les petits des animaux sont un moyen pour vos enfants de transférer des sentiments et des émotions.
- Grâce à cette activité c'est aussi les besoins d'empathie, de respect et d'amour pour les animaux qui sont mis en avant.

L'ASTUCE EN PLUS

- Faites le choix d'un animal de compagnie ou d'un animal que votre enfant connaît et peut voir pour, régulièrement, observer comment il se développe et change.

LA FAUNE 35

OBSERVER UN ANIMAL

À partir de 3 ans

L'observation animale est importante pour concevoir l'unité de notre écosystème. Les animaux sont non seulement partie prenante de notre environnement mais nous sommes une espèce animale parmi les autres. Les comportements des animaux sont pour les enfants une source infinie d'intérêt et de curiosité, d'autant que les interactions entre les enfants et les animaux sont fortes.

L'INTÉRÊT

Cette activité vise à privilégier une observation régulière et construite d'un animal spécifique. Au zoo ou dans l'environnement familial et amical, votre enfant observe, construit sa pensée et apprend à mieux se connaître grâce à l'observation d'un animal.

MISE EN PRATIQUE

- Privilégiez un animal qui vit à proximité pour pouvoir l'observer directement et régulièrement. Il ne s'agit pas de gêner l'animal mais d'apprendre à l'approcher, à l'observer et, pour les animaux familiers, d'être en contact avec eux.
- Quand c'est possible, apprenez à votre enfant à nourrir l'animal après avoir compris son régime alimentaire.
- Commencez à faire des comparaisons entre les différents animaux et tentez d'établir des repères de plus en plus précis sur leur façon de se comporter et leur vie : régime alimentaire, habitat, reproduction, prédateurs...

L'ASTUCE EN PLUS

- Dialoguez avec votre enfant sur son comportement à l'égard des animaux. Peut-il le décrire (sécurité, empathie, peur, etc.) ? A-t-il le même comportement avec tous les animaux et pourquoi ? L'observation des animaux nous amène à mieux nous connaître.

LA FAUNE 36

QUEL ANIMAL JE SUIS ?

À partir de 6 ans

La plupart des contes utilisent les animaux comme personnages. L'anthropomorphisme, par exemple dans les fables de Jean de la Fontaine, est un moyen de faire parler les animaux comme des hommes. Ces fables donnent aussi aux animaux des qualités (ruse, force, intelligence) et des défauts (bêtise, ignorance, égoïsme). En quel animal votre enfant et vous-même aimeriez-vous être transformés ?

L'INTÉRÊT

Il s'agit d'un jeu de devinettes qui permet aux enfants de mieux se connaître et de développer un langage approprié. C'est aussi une activité de concentration car il convient de ne pas dévoiler immédiatement son animal et de pouvoir poser des hypothèses pour ceux qui doivent le découvrir.

MISE EN PRATIQUE

- C'est une activité qui se joue à plusieurs. Chaque enfant, sans le dire aux autres joueurs, choisit un animal. Il écrit le nom de l'animal sur un carton et il le retourne pour que personne ne le voie.
- Les participants posent des questions pour savoir de quel animal il s'agit : a-t-il des plumes ? Des poils ? De la fourrure ? Vole-t-il ? etc. Attention de ne pas dévoiler tout de suite son nom : votre enfant doit répondre, mais sans tout dire ! Petit à petit, les indices se multiplient et un des joueurs gagne lorsqu'il donne le nom de l'animal caché.

L'ASTUCE EN PLUS

- Prenez le temps de discuter avec votre enfant car, dès le plus jeune âge et sous l'influence des contes, il peut avoir des images négatives, voire des peurs ou des phobies de certains animaux pourtant indispensables à notre écosystème.

LA FAUNE 37

COQUILLAGES ET MOLLUSQUES

À partir de 5 ans

Les enfants ont une passion pour les coquillages ! Aucune sortie en bord de mer sans qu'ils ne les recherchent et les admirent. Collectionner les coquillages, comme les pierres, est une activité enthousiasmante pour les enfants. Ici, l'activité vise à mieux connaître les coquillages ou coquilles, c'est-à-dire les squelettes externes des mollusques. Les familles de mollusques ne sont finalement connues que par leurs coquilles, leurs « maisons » et pourtant leur vie nous dit beaucoup de choses de la vie sur terre et sur l'évolution des espèces animales.

L'INTÉRÊT

Cette activité, par l'observation des coquillages, cherche à replacer ces derniers non comme de simples traces mais comme des éléments de compréhension des mollusques. Par le dessin, l'imagination et l'observation, votre enfant pourra regarder différemment et avec respect les coquillages qui déjà le fascinent.

☞ MISE EN PRATIQUE

- Lors d'une sortie à la plage, prenez le temps de choisir des coquillages de tailles et d'espèces différentes.
- De retour à la maison, aidez votre enfant à classer et identifier les différentes espèces de coquillages. Certains, comme les coquilles de moules, d'huîtres ou les couteaux sont très repérables et connus, d'autres beaucoup moins.
- Ensuite, collez sur un carton plusieurs coquillages et demandez à votre enfant de dessiner de façon réaliste puis imaginée, la vie de ces coquillages. Cela lui permettra de comprendre que le coquillage n'est qu'une partie d'un animal aquatique.

L'ASTUCE EN PLUS

- Expliquez que les coquillages ont dans l'histoire servis de monnaie d'échange et de parures. Fabriquez ensemble des colliers et bracelets de coquillages avec du fil nylon.

La faune 38

LA RÉSERVE À INSECTES

À partir de 4 ans

Les insectes sont souvent les mal-aimés des jardins ou de la maison et pourtant, sans eux, le cycle animal n'existerait pas. Ces espèces animales sont fragiles et la fabrication d'une réserve peut leur permettre de lutter contre le froid et de se reproduire. Les abris naturels existent, qu'il s'agisse de bois, d'écorces ou de branches, mais la réserve à insectes sera un lieu privilégié d'observation de leurs comportements.

L'INTÉRÊT

La création d'une réserve à insectes participe à la biodiversité. Pour les enfants, c'est la possibilité de construire une « maison » pour des animaux que finalement nous connaissons mal. L'élaboration de cet abri à insectes se fera avec l'idée de pouvoir observer au mieux leurs comportements et leurs évolutions. Cette activité permet aussi de sortir des préjugés sur les insectes, souvent vus comme néfastes alors même qu'ils sont indispensables.

MISE EN PRATIQUE

- Récoltez des matériaux qui permettront aux insectes de se réfugier : morceaux de bois morts, briques creuses, brindilles, feuilles. Choisissez des matériaux creux comme des bambous mais aussi des écorces, des pots de fleurs en terre cuite, des chutes de bois de toutes essences…
- Confectionnez un cadre en bois avec votre enfant ou, plus simplement, utilisez un cageot en bois qui donnera une ossature à la réserve à insectes.
- Posez à la verticale le cageot ou le cadre que vous aurez fabriqué et remplissez-le de vos matériaux, en les serrant le plus possible. Pour stabiliser l'abri, placez les briques creuses ou autres pierres en bas. Pour l'esthétique, tentez de varier les différents matériaux en les alternant.

LA FAUNE 39

CONSTRUIRE UN ABRI POUR LES OISEAUX

À partir de 10 ans

Fabriquer un abri-mangeoire pour les oiseaux, c'est prendre soin de son environnement et c'est aussi une activité privilégiée pour connaître les habitudes de certaines espèces d'oiseaux. Construire à la bonne taille, nourrir, permet de réfléchir à la vie de ces animaux que nous côtoyons au quotidien. C'est une activité créative et bienveillante grâce à laquelle les oiseaux trouveront plus facilement de quoi subvenir à leurs besoins lorsque les premiers froids arriveront.

L'INTÉRÊT

Cette activité développe l'autonomie des enfants et leur montre qu'ils peuvent agir pour aider les animaux. Penser à un abri, c'est déjà un signe d'empathie envers les oiseaux mais aussi une nécessité dans un environnement qui leur est de plus en plus hostile. Ils subissent en effet durement les aléas de la pollution et de la densification urbaine.

☞ MISE EN PRATIQUE

- Au choix, trouvez en forêt des gros morceaux d'écorces ou confectionnez votre abri avec un vieux cageot en bois. Le nichoir doit avoir une dimension d'une vingtaine de centimètres ou la moitié d'un cageot. Les morceaux de cageot peuvent être tressés. L'objectif est de créer un nichoir avec une seule ouverture de 5 cm de diamètre maximum.
- Proposez à votre enfant de décorer le nichoir mais pas avec des couleurs vives, ni de la peinture toxique, car cela pourrait inquiéter les oiseaux.
- Le nichoir doit être installé dans un lieu tranquille, à une hauteur de 3 m minimum du sol pour éviter les prédateurs. Toutefois, ne le placez pas trop haut non plus, afin que votre enfant ait le bonheur de pouvoir observer les allées et venues des oiseaux.
- Accroché à un mur ou à une branche, le nichoir doit être stable. Il peut s'écouler plusieurs jours avant qu'un oiseau ne décide d'y élire domicile. Le plus souvent, il prend le temps de regarder, de jauger le danger, avant de s'installer. Vous pouvez disposer quelques graines près du nichoir, mais pas à l'intérieur. Prenez soin de ne pas gêner l'oiseau, sinon il s'en ira et ne reviendra pas.

L'ASTUCE EN PLUS

- Observez au préalable le type d'oiseaux qui sont présents : moineaux ou mésanges. Cela vous aidera à mieux évaluer l'endroit le plus adéquat ou accrocher votre nichoir et à définir la taille de l'ouverture.

LA FAUNE 40

ÉCOUTER DES CHANTS D'OISEAUX

À partir de 6 ans

Écouter des chants d'oiseaux pour les reconnaître, c'est un apprentissage mais surtout un moment pour développer ses émotions devant leur beauté. L'écoute demande de disposer de temps, d'être disponible et de s'ouvrir aux autres. Les oiseaux sont avec nous, dans notre environnement proche. Prenons le temps de les découvrir à travers leurs chants si mélodieux et variés.

L'INTÉRÊT

L'écoute est une activité qui demande du calme et de la patience. C'est aussi mettre en relation ce que l'on entend avec des ressentis et des émotions. Certains enfants seront émus par certains chants d'oiseaux mais parfois inquiets devant un croassement de corbeau ou un hululement de chouette. Une bonne écoute offre une meilleure connaissance de soi et des autres en écoutant vraiment, en se connectant avec notre être intérieur.

MISE EN PRATIQUE

- Trouvez un lieu où les bruits urbains extérieurs ne parasiteront pas votre écoute. Prenez le temps d'écouter. Très vite, avec votre enfant, vous vous rendrez compte que les oiseaux sont là mais que vous ne les entendiez pas car vous n'y prêtiez pas attention.
- Maintenant, écoutez-les. Combien en entendez-vous ? Pouvez-vous les différencier ? Pouvez-vous repérer d'où ils proviennent et de quel oiseau ? Comment interpréter ces chants ? S'agit-il d'un appel, d'un dialogue, d'une colère ? À qui s'adressent-ils ? Selon les saisons, vous découvrirez l'importance de ces chants dans les comportements amoureux, familiaux.

L'ASTUCE EN PLUS

- Les chants des oiseaux ont inspiré des poètes, des écrivains et plusieurs instruments de musique comme la flûte traversière qui évoque leur chant mélodieux.

PRÉSERVER 41

LA LÉGENDE DE LA NATURE : CRÉER SA PROPRE HISTOIRE

À partir de 6 ans

La nature est une source ancestrale de légendes et d'histoires. Parfois féerique, parfois inquiétante, mystérieuse ou magique, la nature, et en particulier les forêts, fascine. La plupart des contes se situe dans la nature et illustre les interactions entre les êtres humains et les éléments naturels ou les animaux. Cette fascination peut permettre de créer sa propre histoire. Les enfants, créatifs et imaginatifs par nature, se racontent déjà de très nombreuses histoires.

L'INTÉRÊT

En imaginant sa propre histoire en lien avec la nature, l'enfant apprend à mieux se connaître, à associer des faits réels ou supposés et à créer son propre récit. Selon l'âge, on peut privilégier le récit et son expression ou encore, à partir de 8 ans, structurer l'histoire à partir de personnages plus précis et d'une trame chronologique.

MISE EN PRATIQUE

- Il est possible de commencer par lire une histoire liée à la nature. La littérature jeunesse place souvent ses récits dans la nature.
- Partez des représentations de votre enfant sur la nature. Comment voit-il les arbres, certains animaux ? En développant ses ressentis, vous pourrez comprendre ses intérêts.
- Pour les plus jeunes, une dictée à l'adulte permettra à votre enfant de raconter une histoire que vous noterez. Mais votre enfant peut aussi illustrer son histoire. Aidez-le à l'approfondir, à préciser les personnages, le récit. En grandissant il pourra écrire cette aventure qui mêlera nécessairement réalité, fiction et légende.

L'ASTUCE EN PLUS

- Partez du ressenti d'une promenade dans la nature pour amorcer l'histoire qui peut aussi être un dialogue avec vous.

PRÉSERVER 42

LE BÂTON-SOUVENIR

À partir de 6 ans

Préserver et respecter la nature, c'est aussi se souvenir des sensations qu'elle nous a apportées. Comment garder en mémoire une trace et les souvenirs d'un paysage, d'une forêt ou d'un bord de mer ? Sorte de boîte à souvenirs, le bâton-souvenir se veut le reflet d'une des micro-aventures vécues avec vous en nature.

L'INTÉRÊT

Cette activité, manuelle au départ, vise à prendre conscience du moment où l'on vit le contact avec la nature pour ensuite mieux s'en souvenir. Il s'agit donc de mémoriser une sensation, un objet symbolique qui pourra rappeler le lieu, l'état d'esprit, les personnes avec qui on était. Les objets symboliques ramassés prendront de la force lorsque l'on s'en souviendra. C'est donc une activité ludique mais qui permet de travailler sur la mémoire, les sensations et la concentration.

☞ MISE EN PRATIQUE

- Au cours d'une promenade en forêt, montagne, campagne ou bord de mer, demandez à votre enfant de ramasser, selon ses envies, des objets qui permettront de raconter et de se souvenir de ce moment.
- Prenez une branche, pas trop grande, sur laquelle votre enfant pourra ensuite attacher les indices de cette aventure.
- Votre enfant ramassera des feuilles, tiges, fleurs, écorces, petits cailloux. Cette collecte de matériaux naturels sera les traces de votre expédition.
- À la maison, à l'aide d'une ficelle, décorez le bâton avec les différents matériaux récupérés. Encouragez votre enfant à penser à l'esthétique du bâton et au fait qu'il pourra, grâce à ces indices, raconter sa promenade et se souvenir des lieux parcourus.

L'ASTUCE EN PLUS

- Faites penser à votre enfant qu'il devra raconter l'histoire de sa promenade avec ce bâton. Les objets accrochés devront être classés le long du bâton pour pouvoir raconter l'aventure plus facilement.

PRÉSERVER 43

ÉCOUTER LA NATURE

À partir de 5 ans

L'écoute attentive de la nature nous montre sa richesse et la multitude de bruits et sons qui rythment notre quotidien sans que nous y prêtions attention le plus souvent. Il ne s'agit pas de chercher des sons « exceptionnels » mais plutôt d'écouter la musique de la nature. Être à l'écoute de son environnent, c'est prendre conscience de sa propre existence dans cet environnement.

☆ L'INTÉRÊT

L'écoute attentive est une activité primordiale pour se construire et être en lien avec les autres. Développer ses sens et ses émotions au contact de la nature est un moyen de s'habituer à écouter. L'écoute de la nature développe chez l'enfant ses émotions et sa sensibilité. C'est aussi un moyen pour se relaxer et détendre son corps et son esprit.

☞ MISE EN PRATIQUE

- Choisissez un lieu qui ne soit pas trop pollué par des bruits « humains » ou de véhicules.
- L'objectif est d'écouter, de prendre conscience de cette écoute en s'immergeant dans l'environnement naturel.
- C'est un travail d'écoute et d'attention que vous demandez à votre enfant. Comme pour la méditation, il convient de se détendre et d'être en même temps concentré. Mais ici vous engagerez un dialogue chuchoté avec votre enfant. Qu'entend-il, que pense-t-il ? Petit à petit, il entendra d'autres sons plus lointains que peut-être vous-même n'entendrez pas.

L'ASTUCE EN PLUS

- L'écoute de la nature peut être plus ciblée à côté de la mer, d'une rivière, dans une forêt pour se concentrer sur les bruits d'animaux ou d'eau. Là encore, vous écouterez avec votre enfant mais vous discuterez avec lui pour l'amener à exprimer ses ressentis.

PRÉSERVER 44

MÉDITATION DE PLEINE CONSCIENCE DANS LA NATURE

À partir de 6 ans

La méditation est une activité pour se calmer, reconnaître ses émotions et travailler sur sa respiration en pleine conscience. Chacun, grand comme petit, recherche un peu de sérénité et de calme après les débordements du rythme de la journée. La médiation de pleine conscience propose un moment centré sur soi mais en lien avec son environnement. Méditer dans la nature est donc une activité riche émotionnellement.

L'INTÉRÊT

Prendre conscience de sa respiration dans un environnement particulier, être capable de lâcher prise et d'écouter son corps et l'environnement: la nature est propice à cette activité de concentration et d'attention.

MISE EN PRATIQUE

- Faites cette initiation de méditation de pleine conscience avec votre enfant. Toute l'activité doit être au service de la connaissance de soi et rien n'est obligé.
- Choisissez un espace où vous pouvez vous asseoir ou vous allonger. Trouvez une position confortable. Proposez à votre enfant de fermer les yeux et de se concentrer.
- Respirez 3 fois très profondément en inspirant et expirant puis retrouvez une respiration normale. Prenez conscience de cette respiration et du bien qu'elle vous fait.
- Amenez votre enfant à prendre conscience de l'environnement, des bruits, du vent, de la caresse du soleil sur la peau... Les pensées passent mais on ne parle pas, on ne les raconte pas. Restez concentrés sur la respiration, sans la forcer.
- Vous pouvez guider votre enfant en lui parlant calmement, pour qu'il pense à sa respiration, au vent qui touche son visage, aux chants des oiseaux, tout en vous écoutant les yeux fermés. Il doit rester le plus possible concentré sur lui.

PRÉSERVER 45

LA TOURNÉE DES DÉCHETS

À partir de 6 ans

Nos déchets sont devenus un enjeu de société. Ils sont les conséquences de notre mode de vie de surconsommation et les causes de dégâts irrémédiables pour la nature. Collecter les déchets dans la nature est une action altruiste mais aussi une activité de responsabilisation.

L'INTÉRÊT

La collecte des déchets dans la nature nous fait prendre conscience de la fragilité de la nature et de sa détérioration par les êtres humains. En ramassant les déchets, souvent non recyclables, les enfants comme les adultes participent à la transformation des modes de vie et prennent conscience de la nécessité de sauvegarde de notre environnement. Cette activité, à faire à plusieurs, permet à votre enfant d'apprendre à trier et classer les déchets.

☞ MISE EN PRATIQUE

- Initiez cette activité à plusieurs, le plus possible et avec votre enfant. La faire ensemble rend l'activité plus ludique et permet un dialogue et des échanges sur ce qui peut apparaître parfois choquant, comme la masse de déchets récoltés en peu de temps.
- Protégez-vous avec des gants de ménage ou de jardinage, des masques et des chaussures montantes.
- Le moment venu, rendez-vous dans un espace forestier ou une plage, voire une rue ou un parc. Délimitez l'espace pour ne pas gêner les autres usagers, puis commencez à ramasser les déchets en les triant. Certains seront chargés des cartons et canettes et les adultes des déchets dangereux comme le verre.
- Ce n'est pas une course de vitesse mais un moment de prise de conscience, avec la satisfaction d'agir pour le bien de la planète.

L'ASTUCE EN PLUS

- Renseignez-vous : ce type d'action est régulièrement organisé par des associations qui pourront vous fournir un cadre, de quoi vous protéger et les sacs de déchets. Et, pourquoi pas être à l'initiative d'un grand nettoyage de quartier avec vos voisins !

PRÉSERVER 46

LE GOÛTER ZÉRO DÉCHET

À partir de 6 ans

La transition écologique nécessite une transformation de nos modes de vie. Avec les enfants, prendre conscience de la masse des déchets, de leur tri et de leur recyclage est un exercice quotidien avant que cela ne devienne un réflexe. Un changement de comportement passe par l'idée du zéro déchet, ou tout au moins par une réduction individuelle de notre production de déchets. Pour cela, on peut commencer par montrer que la plupart des emballages sont inutiles.

L'INTÉRÊT

L'un des premiers objectifs de cette activité est de réfléchir aux déchets par le biais du nombre d'emballages artificiels et superflus. Finalement, pour nous alimenter, avons-nous besoin d'autant d'emballages ? Que représentent-ils dans notre vie de tous les jours ? Cette activité permet de réfléchir avec votre enfant à vos gestes, à vos habitudes et aux moyens de les transformer pour le bien de tous en évitant le plus possible les déchets non recyclables pour le goûter.

MISE EN PRATIQUE

- Commencez par comparer les compotes et les yaourts. Les compotes en berlingots possèdent un emballage et beaucoup d'ingrédients qui ne sont pas des fruits. Les yaourts sont un autre exemple de l'importance des emballages pour certains produits.
- Maintenant, lancez-vous avec votre enfant dans la confection d'une compote de fruits frais ou cuits. Non seulement cela est plus écologique et économique, mais c'est bien meilleur en goût et pour la santé !

RECETTE DE LA COMPOTE DE POMMES

1. Épluchez 3 pommes et enlevez les pépins.
2. Pressez un demi-citron pour récupérer le jus.
3. Coupez les pommes en petits dés dans une casserole et faites cuire à feu doux avec le jus de citron.
4. En fin de cuisson, rajoutez une cuillère à café de sucre, saupoudrez de cannelle, et mélangez avec une cuillère en bois.

- Vous pouvez faire vos propres yaourts et aussi montrer qu'un pot « familial » possède moins d'emballages et plus de produit pour un prix plus réduit.
- Prenez l'habitude de cette réduction des emballages en préparant ces goûters zéro déchet, ils seront nécessairement plus frais, moins caloriques et écologiques.

LES ASTUCES EN PLUS

- Comparer les bouteilles d'eau en plastique aux gourdes réutilisables est un autre exemple caractéristique de la possibilité de faire des choix simples pour réduire certains déchets.
- Pour les plus grands, le visionnage d'un reportage sur le « continent plastique » et ses dégâts pour l'environnement, la faune, la flore et l'être humain pourra déclencher une réelle prise de conscience.

PRÉSERVER 47

MON CARNET DE NATURE

À partir de 8 ans

Toutes les activités que nous vous avons proposées peuvent donner vie à un carnet de nature. Ce carnet personnel relate les aventures, les expérimentations et les ressentis de votre enfant. Le contact avec la nature engendre un éveil des sens et des émotions. Il est donc intéressant de noter sous forme de dessin ou d'écrits succincts ses souvenirs à « chaud ».

L'INTÉRÊT

L'objectif est de confectionner un carnet personnel. L'intérêt est pour les enfants de noter ce qui les a surpris, intéressé, inquiété, motivé. Il ne s'agit pas d'un exercice d'écriture mais bien d'un journal de bord. Bien sûr, les enfants peuvent prendre ce carnet et vous raconter ce qu'ils ont fait mais ce type d'activités n'est pas à évaluer ou à corriger. C'est un carnet d'émotions et de souvenirs. Votre enfant souhaitera peut-être le garder secret.

MISE EN PRATIQUE

- À l'issue d'une journée, prenez l'habitude et le temps d'élaborer un carnet de nature qui permettra à votre enfant, selon son âge et ses envies, de relater à sa façon ce qu'il a fait, vécu et ressenti dans son contact avec la nature.
- Il n'y a pas de bonne ou mauvaise chose à dessiner ou à écrire. Il s'agit d'un cahier pour noter ses sensations, ses liens avec la nature.
- Ce cahier décoré deviendra un ami pour lui et un moyen aussi d'exprimer ses sentiments.

L'ASTUCE EN PLUS

- Offrez à votre enfant un carnet d'un format réduit et original par exemple dans un format à l'italienne, comme un cahier d'aquarelle. Cela l'incitera à dessiner et à s'exprimer d'une façon différente de ce qu'il ferait dans un cahier d'écolier.

PRÉSERVER 48

FAIRE UN ENGRAIS NATUREL

À partir de 6 ans

Régénérer les sols, recycler les éléments périssables, faire un compost, sont des activités pour mieux comprendre le processus de développement durable. Confectionner son engrais naturel, c'est une action profitable pour la terre et qui permet de mieux connaître les besoins de chaque plante en les aidant à se développer.

L'INTÉRÊT

Faire un engrais naturel permet de comprendre le cycle des végétaux. L'objectif est de connaître les éléments naturels susceptibles de faire un bon engrais. Par exemple, le marc de café, riche en azote et en phosphore. Son usage est très intéressant pour les plantes d'intérieur qui manquent de minéraux. Faire son compost est une activité qui permet d'agir concrètement sur le processus de recyclage des végétaux.

MISE EN PRATIQUE

- Pour créer votre compost, prenez un cageot en bois et renforcez-le à l'aide d'un second cageot pour fabriquer un espace clos où pourront être déposés les déchets organiques. Le casier ainsi obtenu pourra être mis dans un coin du jardin ou d'un balcon. Attention dans ce dernier cas à bien renforcer le cageot car l'élaboration du compost implique une évacuation de l'eau contenue dans les déchets.
- Jour après jour, déposez dans ce casier les végétaux, restes de légumes, de fruits ou encore les sachets de thé, le marc de café.
- Le mieux est d'alterner les couches de matières différentes, et pourquoi pas y mettre des feuilles mortes lorsque la saison le permet, pour éviter les odeurs restées sur les déchets compostables de base (épluchures, sachets de thé, coquilles d'œufs, papier journal, carton, herbes, feuilles).

- Petit à petit, le compost se crée par la décomposition des déchets et va perdre de son humidité. Vous n'avez plus qu'à utiliser cette nouvelle terre riche pour vos plantations.

L'ASTUCE EN PLUS

- Il existe plusieurs types d'engrais pour chaque plante. Vous pouvez faire deux composts différents :
  - un avec les restes de légumes et fruits,
  - et l'autre avec des feuilles. La comparaison des deux donnera à votre enfant un exemple de cette variété et de la différence d'évolution des déchets.

PRÉSERVER 49

LE JEU DU SOLEIL

À partir de 6 ans

Les liens entre êtres humains, végétaux et animaux sont fondamentaux. Nous appartenons tous au même écosystème. Le soleil est le point commun de toutes nos vies. C'est notre source d'énergie et de vie mais aussi le symbole de nos existences et du lien qui nous unit.

Avec cette activité, vous pouvez faire prendre conscience à votre enfant à partir d'un soleil que tout se tient et que notre survie est liée à celle des autres êtres vivants, animaux et végétaux, de notre planète.

L'INTÉRÊT

Ce jeu rend concret les notions d'interactions et d'interdépendances entre tous les êtres vivants de la planète. Il permet également de prendre conscience de la fragilité de l'écosystème et du fait que l'être humain est un élément parmi d'autres. Une réflexion sur les risques de domination de la nature par l'homme peut être amorcée par cette activité.

☞ MISE EN PRATIQUE

- Préparez des cartes sur lesquelles vous dessinerez ou écrirez des noms d'animaux et de végétaux de toutes sortes. Vous pouvez aussi utiliser les cartes d'un jeu de loto. N'oubliez pas des cartes « être humain », nous sommes partie prenante de cet écosystème.
- Sur le sol, à la craie, dessinez un grand soleil avec de nombreux rayons.
- L'objectif du jeu est de placer une carte sur un des rayons puis de placer sur le même rayon une autre carte liée à la première. Il convient de préciser pourquoi elles sont liées. Par exemple, le soleil permet aux végétaux de pousser. Les végétaux seront mangés par des herbivores qui pourront être mangés par des carnivores.

L'ASTUCE EN PLUS

- C'est l'interdépendance de tous, végétaux, animaux et êtres humains, qui est la clé de cette activité. Pensez aux interdépendances entre les animaux qui peuvent se soigner entre eux ou des plantes qui s'entraident pour survivre.

PRÉSERVER 50

LE JARDIN IMAGINAIRE

À partir de 6 ans

Quel serait le jardin idéal de votre enfant ? Chacun peut imaginer un espace dans lequel le bonheur serait pour tous et où flore, faune et êtres humains pourraient vivre en bonne intelligence, sans jamais chercher à se dominer. Créer son jardin imaginaire participe à cette ambition de repenser le monde dans lequel on vit.

L'INTÉRÊT

L'activité vise à laisser libre cours à la créativité et l'imagination des enfants. Cette activité, en se centrant sur la création d'un jardin imaginaire, permet à votre enfant de penser un autre monde et de réaliser, en dessin ou en maquette, son projet. C'est aussi une façon de montrer que, de tous temps et dans tous lieux, les hommes ont imaginé des jardins correspondant à leurs besoins alimentaires (les potagers) mais aussi médicaux (jardins botaniques et médicinaux) ou esthétiques (jardins d'agrément).

MISE EN PRATIQUE

- Tous les moyens d'expression sont autorisés. Votre enfant préférera peut-être dessiner, un autre construire une maquette avec des éléments naturels, un autre écrire. En fonction de leur intention, vous leur fournirez du papier de grande taille ou chercherez avec eux des matériaux pour la maquette.
- Laissez votre enfant donner libre cours à son imagination. On est le plus souvent surpris des idées à la fois altruistes, radicales mais aussi très concrètes des enfants.
- Vous pouvez aussi les aider en leur montrant différents types de jardins d'ici ou d'ailleurs, comme ceux que l'on appelle les jardins botaniques, médiévaux, suspendus, à l'anglaise, à la française, japonais, etc. De simples pistes qui pourront leur donner des idées et leur montrer que c'est de la variété que naîtra le monde de demain.

Ressources utiles

Les livres

- Pascale d'Erm, *Natura-Pourquoi la nature nous soigne et nous rend plus heureux*, les Liens qui libèrent, 2019
- Louis Espinassous, *Pour une éducation buissonnière. Retrouver le rythme naturel de l'enfant*, Hesse, 2019
- Crystèle Ferjou et Moina Fauchier, *Emmenez les enfants dehors*, Robert Laffont, 2020
- Peter Houghton et Jane Woroll, *L'école de la forêt*, Ulmer, 2019
- Richard Louv, *Une enfance en liberté. Protégeons nos enfants du syndrome de manque de nature*, Leduc S. Éditions, 2020
- Sylvain Wagnon, *Les pédagogies alternatives, mieux les connaître pour en tirer le meilleur*, Hatier, 2020
- Sarah Wauthiez, *L'école à ciel ouvert*, Illkirch, Éditions La Salamandre, 2019

Quelques sites

- Enseigner dehors – Archiclasse – Ministère de l'éducation nationale : https://archiclasse.education.fr/enseigner-dehors
- Enseigner dehors, une approche pédagogique interactive : https://enseignerdehors.ca
- Éveil et nature : https://eveil-et-nature.com
- Réseau école et nature : http://reseauecoleetnature.org/

DANS LA MÊME COLLECTION

L'AUTEUR

Professeur en sciences de l'éducation à l'Université de Montpellier, Sylvain Wagnon est responsable du Centre d'Étude en histoire de l'éducation de la faculté d'éducation (Cedrhe). Ses recherches explorent l'histoire de l'éducation nouvelle et l'essor des pédagogies alternatives. Il est auteur de nombreux ouvrages sur l'histoire des pédagogies alternatives. Curieux des attentes parentales, il dirige des ateliers de recherches pour être au plus près des pratiques familiales.

© Hatier - 8, rue d'Assas 75006 Paris - ISBN : 978-2-401-07633-4

Achevé d'imprimer par l'Imprimerie de Champagne à Langres – France

Dépôt légal : 07633-4/01 – mars 2021

PAPIER À BASE DE FIBRES CERTIFIÉES

Hatier s'engage pour l'environnement en réduisant l'empreinte carbone de ses livres. Celle de cet exemplaire est de :
500 g éq. CO_2
Rendez-vous sur www.hatier-durable.fr

Imprimerie Champagne

IMPRIM'VERT
Votre imprimeur agit pour l'environnement